L'ANGLAIS

DENISE BOMBARDIER

L'ANGLAIS

roman

ROBERT LAFFONT

ISBN 978-2-221-10813-0

1.

C'est à Belfast, en Irlande du Nord, ville rebutante, sans charme, suspecte, écartelée par des passions haineuses et fratricides, que s'est joué mon destin. À mon insu.

J'avais hésité avant d'accepter l'invitation à y donner une conférence relayée par un Dr Philip T. Spencer, professeur à Dublin, un de ces universitaires originaux que l'histoire du Québec ne laissait pas indifférent. Son premier courriel m'avait échappé et sans doute l'avais-je mis à la poubelle d'un clic impatient. Il a fallu un coup de téléphone officiel d'un fonctionnaire du ministère des Affaires internationales pour me rappeler les règles élémentaires de la politesse qui exigent un accusé de réception. Je crois bien que j'ai écrit une phrase du genre : «Que me voulez-vous?» C'était en février, cette période où l'hiver produit un effet engourdissant même sur les plus enthousiastes, ce qui était loin d'être mon cas à l'époque. Étais-je en hibernation sentimentale ? Sans doute. Je n'avais aucun homme à aimer et les fins de journée, moments où l'on quitte l'agitation pour rentrer dans l'intimité, me plongeaient dans une tristesse dont je me refusais à chercher la source. Avec l'âge, j'ai perdu peu à peu le plaisir de souffrir.

Pourquoi ai-je accepté ce voyage, moi qui ai peu d'attirance pour les terrains de guerre où l'on risque sa vie ? Analyser les conflits m'excite davantage que les vivre au milieu des combattants en y laissant ma peau. Le courage physique où se mêlent l'inconscience et la recherche de sensations fortes n'est pas dans mon caractère. Seule la passion amoureuse me transforme en kamikaze et anéantit ma peur. Je fonce dans l'amour comme d'autres s'aventurent sur les terrains minés de l'Afghanistan, car j'avoue ne pas croire que l'amour tue, bien que j'aie frôlé ses précipices à certains moments de ma vie.

J'ai décidé de partir à Belfast pour rompre avec l'immobilité de ma vie d'alors. En voyage, même s'il ne se passe rien, le fait de se déplacer, de se fondre parmi les voyageurs pressés et nerveux dans les aéroports, transformés en camps retranchés, donne une trépidation que l'on confond avec le mouvement même de la vie. Voyager pour croire que l'on vit, voilà. Et qui sait si en salle d'embarquement, alors que tout le monde s'observe, je ne croiserais pas un regard qui retiendrait le mien ? Qui s'installerait dans le fauteuil 13-B alors que le hasard m'aurait accordé le

13-A? Passer une nuit auprès d'un étranger à dix mille mètres, hors d'atteinte de ses propres contraintes terrestres, dans un lieu clos où le temps s'allonge ou rétrécit selon les fuseaux horaires, permet tous les fantasmes. J'ai répondu oui à la demande de ce professeur Dr Philip T. Spencer pour m'extirper d'une torpeur à la fois saisonnière et personnelle. À vrai dire, je gelais d'ennui. J'ai donc cliqué sur la souris et, en entendant le son du courriel envolé, j'ai fermé l'ordinateur. À travers la fenêtre, la neige tombait en rafales. Une autre tempête s'annonçait. À Belfast, au moins, l'hiver ne me rejoindrait pas.

Quelques semaines plus tard, j'ai quitté Montréal à reculons. À force de vivre dans l'immobilité, partir devient une corvée. Je transitais par Londres, où j'espérais me distraire. Or j'ai passé deux jours telle une âme en peine, incapable du moindre amusement, même devant Buckingham Palace et son changement de la garde. Mon seul plaisir fut de retrouver un restaurant indien où j'avais jadis mangé quasi amoureusement avec un digne représentant de l'Empire britannique.

À l'aéroport de Londres, en route pour la capitale de l'Irlande du Nord, j'ai perdu un bracelet coûteux, auquel je croyais tenir. Mais je n'ai fait aucune démarche pour le retrouver, même si, comme toujours, j'étais arrivée à l'aérogare très à l'avance et avais tout le temps devant moi pour me rendre aux objets perdus. Cette perte m'indifférait. À l'image de mon état d'esprit. Dans une vie morne, toute perte devient acceptable.

On ne naît pas catholique sans conserver durant sa vie un minimum de liens avec l'institution religieuse dans laquelle on a grandi. Or je savais que les taxis noirs de Belfast appartenaient à des catholiques. Je m'engouffrai dans la voiture en choisissant mon camp. Je me sentis en sécurité en traversant ces quartiers impossibles à identifier selon l'appartenance religieuse, mais tous modestes et tristes. Le chauffeur voulut entreprendre la conversation. Hélas, je n'arrivais pas à déchiffrer son accent. Je répondais : *«Yes»*, ou *«Oh yes»*, ou *«Really!»*, ce qui l'encourageait à continuer de monologuer.

— Voici l'hôtel où logent les journalistes étrangers.

Je reconnus l'immeuble aperçu aux informations télévisées car l'IRA l'avait bombardé à quelques reprises ; nous roulions donc en terrain protestant.

— Regardez au fond de cette rue les troupes britanniques. Elles sont toujours ici mais finiront bien par partir. – *You are french and catholic, I suppose ?*

— Oui, mais à quoi l'avez-vous deviné ?

— *I felt it*, répondit-il en éclatant de rire. *Welcome to Belfast*, ajouta-t-il sans que je sache exactement ce que cet accueil signifiait.

L'Anglais

La voiture roulait maintenant dans des rues aux maisons plus cossues, mais, sans doute à cause de son histoire tragique, j'avais le sentiment qu'une lourdeur inquiétante recouvrait la ville. Au tournant d'une intersection, j'aperçus l'hôtel où je logerais, un Holiday Inn Express, déprimant, à l'image du décor dans lequel il était planté et à l'image surtout de mes états d'âme. Pourquoi donc avais-je accepté l'invitation de ce Dr Philip T. Spencer ?

Le hall de l'hôtel, étroit, sans atmosphère, augurait de l'inconfort des chambres. Je pestais intérieurement. Contrairement aux universitaires qui vivent à la manière d'étudiants attardés, j'aime voyager dans le confort. À la réception, j'eus la mauvaise surprise de constater qu'aucun message ne m'attendait. Pas un mot, juste une convocation au départ d'un bus à 17 heures, transmise par la préposée.

— Pour où ? demandai-je.

— Je l'ignore, me fut-il répondu.

En pénétrant dans la chambre, une cellule de moine, l'épurement du style en moins, je posai ma valise et éclatai en sanglots. Il était 13 h 50, j'avais traversé l'Atlantique, je ressentais le décalage horaire, il pleuviotait sur la ville désespérante, j'allais parler devant un auditoire où la moitié des gens sommeilleraient et, de retour chez moi, personne ne m'attendrait. Je m'étendis

sur le lit en maudissant mon destin. La meilleure
façon de passer le temps était de dormir.

La sonnerie du téléphone me fit sursauter. Il
était 16 h 45. Je décrochai le combiné et une voix
ébréchée demanda à parler à Sean.

— Vous vous êtes trompé de numéro, dis-je.

— *So sorry.*

Je n'eus que le temps de me rafraîchir la figure
et de me maquiller sans vraiment me regarder
dans le miroir. J'étais si lasse de moi-même et
depuis si longtemps. Je quittai la chambre en me
demandant où je trouverais l'énergie pour y
remettre les pieds en fin de soirée. Ce fut la seule
pensée qui m'effleura l'esprit.

Des bruits de voix me parvinrent avant même
que l'ascenseur ne s'ouvre. Une centaine de personnes s'entassaient déjà dans le lobby parmi lesquelles je me devais de reconnaître le Dr Spencer
qui n'avait pas eu la courtoisie de me faire le
moindre signe. À cet instant, je me rendis compte
que je ne l'avais jamais imaginé physiquement. Je
cherchai donc un vieil Irlandais, la figure ravinée
par les pintes de Guinness, barbu et bedonnant.
J'aperçus quelques spécimens correspondant à
mon stéréotype, puis, soudain, je vis au loin un
homme d'allure juvénile, au regard souriant, le
teint éclatant, beau comme un acteur de cinéma.
Ai-je deviné que c'était le Dr Spencer ou souhaité
que ce fût lui? Je ne saurais retrouver ma première impression. Il hocha la tête et se faufila à

travers la foule. En arrivant devant moi, il me tendit la main :

— Je suis le Dr Spencer. Je vous dois des excuses. Je suis arrivé en retard de Dublin et lorsque je vous ai demandée à la réception, on m'a confirmé que vous étiez dans votre chambre. Je n'ai pas osé vous déranger. La chambre vous plaît, j'espère ?

— Je ne vous dirai pas que j'en suis folle mais oui, ça va. C'est propre et fonctionnel.

Il parut décontenancé. Les chambres de vingt mètres carrés dans des hôtels deux étoiles dataient pour moi d'une époque révolue. Ce beau Dr Spencer ignorait que j'avais déboursé des milliers de dollars pour voyager en classe affaires afin de compenser le prix du billet charter qu'il m'avait octroyé. Il était charmant, touchant même dans sa stupéfaction, mais il ignorait visiblement qui j'étais.

— Il est impossible, hélas, de vous offrir une autre chambre. Elles sont toutes identiques, dit-il avec une pointe de découragement dans la voix.

— Je m'adapte à tout. Ce n'est pas grave, répondis-je en m'efforçant de sourire.

Il soupira de soulagement et retrouva sa jovialité. Or, plus il souriait, son regard bleu plongé sur moi, plus il m'agaçait.

— Nous allons à Stormount, le parlement d'Irlande du Nord, enchaîna-t-il. Un endroit très particulier. Il n'y a aucun drapeau afin de ne froisser personne. Quant à la table de discussion, elle est ovale pour que ni les catholiques ni les protestants ne soient avantagés.

Je l'écoutais à travers le brouhaha ambiant. Il dégageait un enthousiasme quasi enfantin. Visiblement, cette visite l'excitait et il voulait me communiquer son plaisir.

— En tant que journaliste, être reçue à Stormount suscite votre intérêt, je suppose.

— Comme journaliste, on peut entrer à peu près partout, rétorquai-je.

Il me cherchait, ce Dr Spencer. Mais mine de rien, il poursuivit son exposé, s'interrompant parfois pour me présenter en termes flatteurs à des collègues. Enfin le mouvement de foule nous entraîna à l'extérieur où nous attendaient trois bus. Je montai dans le premier, déjà plein. Je n'avais aucune envie de me faire donner un cours d'histoire de l'Irlande du Nord, et je regrettais soudain la stupide décision que j'avais prise un soir de février par – 30 °C à Montréal.

Les parlements sont solennels, pompeux et impressionnants. Celui de Belfast me parut sinistre et je cherchai, sans m'en rendre compte, le Dr Spencer.

— Je m'excuse de vous avoir fait faux bond dans le bus.

Je reconnus d'abord sa voix. En me retournant, je le vis devant moi, tout sourires.

— Vous êtes mon invitée, je suis responsable de vous. Je dois vous faire une confidence. C'est

14

moi qui ai suggéré votre nom au comité de sélection. À vrai dire, je vous ai choisie.
Comme un enfant fier de son coup, il attendait ma réaction.

— Ça me touche, dis-je, davantage par politesse que par conviction. Mais j'espère ne pas vous décevoir avec mon exposé. Je ne souhaite pas que vous vous fassiez reprocher votre choix par vos collègues.

— Oh, je n'ai aucune inquiétude. Je vous connais bien puisque je lis vos chroniques hebdomadaires dans votre journal.

Le Dr Spencer dégageait une sincérité et une simplicité désarmantes. Alors, pour reprendre pied, je lui lançai :

— Êtes-vous bien sûr de me connaître ?

Je jouais la coquette ridicule mais il n'en tint pas compte.

— Je présente mon propre exposé sur le Québec demain matin. Vous y serez, j'espère.

— Sans doute, répondis-je.

Pour la première fois, la déception se lisait sur sa figure. Ce « sans doute » le froissait. Mais je voulais m'en ficher car j'étais dans une période de revanche vis-à-vis de tous les hommes. Tant pis donc pour les gentils qui avaient le malheur de m'approcher. Donc tant pis pour le Dr Spencer dont la candeur m'énervait et m'attirait à la fois. D'ailleurs, plus je le regardais, plus je lui en voulais. D'être trop beau, trop attentif, trop lumineux et paradoxalement trop réservé. Je ne souhaitais pas éprouver le début d'une émotion pour un homme dépourvu des tics de séduction habituels, contre lesquels ma longue expérience amoureuse me protégeait. Ce Dr Spencer me laissait sans défense.

Alors, je décrétai qu'il était gay. Ainsi, j'aurais l'esprit tranquille. Je pouvais remballer mes propres armes de séduction et me débarrasser au plus vite de l'irritabilité que j'éprouvais à cause de lui.

2.

Cette nuit-là, je restai éveillée jusqu'à l'aube à cause du décalage horaire et je ne m'extirpai du sommeil qu'en fin de matinée. J'avais raté l'exposé de mon hôte. Tant pis, me dis-je. J'étais conférencière et non participante à ce colloque. Ma mauvaise foi faisait fi de toute bienséance.

L'idée que le Dr Spencer serait désappointé m'effleura l'esprit. Je l'espérais à vrai dire. Je lui en voulais de s'imposer dans mes pensées. «Calme-toi, il est gay, ma pauvre fille», me disais-je. Hélas, le doute m'habitait.

Pour m'aérer, au propre comme au figuré, je décidai d'aller me balader au hasard. La tension de marcher dans ces rues où la violence éclatait sans crier gare chasserait cette autre tension, intérieure celle-là, avivée par le regard bleu du Dr Spencer. Mais cette balade à travers des quartiers aux bâtiments criblés de balles eut tôt fait de me déprimer. Je hélai un taxi noir et me fis déposer à Queen's College où se tenait le colloque. Je prenais conscience de mon incapacité à me débarrasser de mon humeur maussade puisque ce voyage, plutôt que de me distraire comme je l'avais cru, accentuait la solitude qui empoisonnait ma vie et que je refusais de reconnaître. Depuis des mois, je répétais à tout venant qu'il valait mieux vivre seule que mal accompagnée, une phrase stupide dont je me gargarisais comme la cohue de mes semblables à la recherche d'un homme même pas idéal. La vie de célibataire involontaire n'avait à mes yeux de vertus qu'entre 9 heures et 18 heures du lundi au vendredi. Était-ce Belfast ou le professeur qui me servait de révélateur? Je préférais croire que Belfast était la source de mon cafard. Vivement Montréal, me dis-je. Ces quelques jours m'auront été utiles. Au retour je vais retrouver ma bonne humeur légendaire. Le simple fait de me formuler ça, et je me sentais déjà mieux.

J'arrivai durant la pause-café de 15 heures et cherchai des yeux le Dr Spencer. En vain. Je restai debout parmi cette foule studieuse et entrepris la conversation avec une Islandaise, spécialiste d'une poétesse québécoise dont j'ignorais l'existence, mais dont la réputation avait visiblement franchi nos frontières. Ça n'était pas la première fois que j'étais témoin de ce phénomène fréquent parmi les universitaires, qui consiste à

choisir comme champ d'étude des auteurs d'opus-
cules ou de romans hermétiques, à diffusion
ultra-confidentielle, mais tous écrits par des collègues. Selon le principe du renvoi d'ascenseur,
ceux-ci les imposent comme lectures obligatoires
aux rares étudiants qui se spécialisent en littérature étrangère. L'universitaire de Reykjavík, cari-
cature ambulante de l'intello pointue, ne tarissait
pas d'éloges pour notre poétesse « sublimissime ».

— Elle a réinventé la langue québécoise après
en avoir achevé la déconstruction, m'assura-t-elle.

— Je suis estomaquée de ne pas la connaître,
dis-je sans rire. Et j'ignorais que nous ne parlions
pas français.

Elle blêmit, difficilement car son teint était
déjà de cendre, me lança un regard qu'elle voulait noir et tourna les talons. Je venais de perdre
une fan potentielle pour mon exposé du lendemain. Mais elle serait présente, je n'en doutais
pas. Tous ces colloqueurs se promenaient à travers le monde grâce aux subventions des contri-
buables canadiens. La présence de diplomates au
colloque suffisait à en empêcher plusieurs de
faire l'école buissonnière.

Cet épisode m'avait amusée et je m'apprêtais à
suivre le mouvement de foule vers l'intérieur de
l'amphithéâtre lorsque je perçus un vague frôle-
ment sur mon épaule. Le Dr Philip T. Spencer
était là, encore plus séduisant me sembla-t-il que
la veille.

— Où étiez-vous ce matin ? Je vous ai cherchée dans l'auditoire. Vous avez raté mon exposé.

Il y avait dans son ton plus de déception que de reproche.

— Je me suis réveillée trop tard. J'espère que je suis excusée.

— J'aurais bien aimé que vous puissiez réagir à mes propos, poursuivit-il sans me répondre. J'ai dû défendre mon point de vue contre des collègues canadiens et des compatriotes anglais, vous savez.

— Vous n'êtes donc pas irlandais ?

— Non, je suis anglais. Né à Liverpool.

Il y avait une espèce de fierté dans sa façon d'affirmer sa nationalité, mais on n'y décelait aucune arrogance.

— Vous êtes protestant alors ?

— Pas du tout, je suis catholique, répliqua-t-il, visiblement amusé de ma méprise.

Est-ce lui qui restait à mes côtés ou moi qui ne le quittais pas de l'œil ? Car le reste de la journée ressembla à un pas de deux. Sachant que j'allais prendre la parole le lendemain matin, un certain nombre de participants désiraient se présenter à moi afin de m'exposer leur perception du Québec, objet de leurs recherches. Or le Dr Spencer ne s'éloignait jamais, à peine s'écartait-il de quelques pieds, par politesse, car il paraissait s'intéresser vivement à tout ce que les autres pouvaient me dire. Une évidence s'installait entre nous. Nous formions en quelque sorte un couple. De quelle nature ? Une délicatesse quasi féminine, une absence totale de jeu de séduction de sa part et un comportement aussi affable avec les hommes que celui qu'il avait avec moi, me confirmaient sa faible attirance pour les femmes. Il ne portait pas d'alliance et affichait plutôt une attitude de célibataire. Un homme d'une telle allure, au charme contagieux, qui étonnamment ne flirtait pas, échappait à mes catégorisations habituelles. Il était beau sans être bellâtre, intellectuellement curieux, d'une curiosité alimentée par cette modestie propre aux êtres cultivés que leurs connaissances amènent à conclure qu'en fait ils ne savent pas grand-chose. Préférais-je croire qu'il était dans le meilleur des cas asexué ? Je n'appartiens pas à la génération qui a grandi dans la « non-différenciation des sexes », le copinage entre hommes et femmes me semble frustrer les uns et les autres du plaisir de l'amitié amoureuse. En observant le Dr Spencer, j'étais incapable de déchiffrer ses intentions. Je constatais seulement qu'il demeurait à mes côtés et j'attribuais cette présence, aussi charmante et attentive qu'elle fût dans les circonstances, à une forme poussée de courtoisie, peu courante de nos jours. Le Dr Spencer retenait mon attention du seul fait que je n'arrivais pas à le saisir, moi qui me vantais de mon talent à décrypter les hommes. Sans doute était-ce vrai pour ceux qui ne m'émouvaient pas. Or, vingt-quatre heures après mon arrivée à Belfast, Philip T. Spencer m'apparaissait comme une énigme. La question était de savoir si j'avais envie de la percer, donc de risquer une fois de plus d'être déçue ou trop bouleversée.

— Ce soir au banquet, je n'aurai pas le plaisir d'être en votre compagnie. Mes fonctions m'obligent à dîner à la *High Table*. La tradition des grands collèges anglais d'Oxford, Cambridge, ou Trinity College, Dublin, réserve aux professeurs le privilège de s'asseoir à cette *High Table*, désignée ainsi parce qu'elle se trouve sur une estrade dominant l'assemblée. Ils mangent donc face aux étudiants et les uns et les autres s'observent à leur guise. Cette mise en scène ne semblait pas une contrainte pour Philip T. Spencer, car la tradition s'imposait à lui naturellement.

— Je vais m'en accommoder sans problème, répondis-je tout sourire.

Mais je me rendis compte qu'il s'attendait à une tout autre remarque. De fait, en dépit d'une retenue tout anglaise, son visage expressif trahissait une émotion que je n'arrivais simplement pas à déchiffrer. Plus tôt, quelques professeurs avaient capté mon attention par l'humour que j'avais décelé chez eux et je les cherchai des yeux afin de m'assurer d'une place à leurs côtés durant ce banquet dont j'imaginais qu'il serait ennuyeux et interminable. Oubliant les bonnes manières, je quittai donc le Dr Spencer aussitôt que j'eus aperçu le professeur écossais qui m'avait fait crouler de rire l'après-midi même. Le professeur Charles McDonald, dont le physique correspondait à l'image que je me faisais de ces vieux universitaires celtes ravagés par le whisky et les grands vents des tourbières, sembla ravi.

— Je ne résiste jamais aux desiderata d'une jolie femme, me dit-il.

Grâce à sa remarque je me retrouvais en terrain masculin connu. La soirée ne serait pas le pensum que je redoutais.

On mangea fort mal, mais la compagnie fut à la hauteur de mes attentes. Joyeuse, bruyante, spirituelle et alcoolisée. Le professeur McDonald récitait des poèmes dont je déchiffrais à peine le sens, mais qui devaient contenir quelques grivoiseries si je me fiais aux rires de moins en moins contenus qu'ils provoquaient autour de la table. Chaque fois que mon regard se portait sur la *High Table*, à quelques mètres de la nôtre, je me rendais compte que le Dr Spencer nous observait. Nous étions certes la tablée la plus colorée et la plus remuante, mais un doute m'effleura sur le sens de l'intérêt que ce dernier nous portait. Ce petit jeu de regards croisés, de hochements de tête, de sourires et même de signes discrets de la main se poursuivit jusqu'à la fin du banquet, alors que les membres de la *High Table* se retiraient, formant cortège dans un silence on ne peut plus solennel. Notre groupe n'avait aucune envie de mettre un terme à la soirée et tout le monde se rassit pendant que les autres participants quittaient peu à peu la salle.

— *Oh Philip, take a seat,* lança Charles McDonald, mon grand ami écossais, qui avait aperçu avant moi le Dr Spencer venu nous rejoindre.

— Vous sembliez vous amuser plus que nous, constata ce dernier en s'asseyant l'air ravi.

Face à moi, il prenait un plaisir visible à me regarder. Pendant ce temps, le personnel s'agitait autour de nous pour débarrasser la table et lorsque ce fut fait Philip T. Spencer crut nécessaire de jouer le préfet de discipline.

— Madame, messieurs, la séance commence tôt demain et nous aurons le privilège d'entendre notre amie du Québec. Cela exige que nous ayons l'esprit aiguisé, ajouta-t-il sans me regarder.

C'était la première fois qu'il me désignait ainsi et cela me surprit. Cette «amie du Québec», je l'entendis à la manière d'une familiarité.

Comme prévu, mon intervention suscita des réactions diverses et certains participants réagirent même avec véhémence lorsque je suggérai que la déchristianisation fulgurante du Québec n'avait pas eu que des effets positifs. Et qu'elle obligeait les Québécois à une redéfinition de leur identité, déterminée jusqu'en 1960 par la foi et la langue. Ayant l'habitude de la provocation, j'aurais été déçue qu'il en fût autrement. J'eus des échanges assez vifs avec quelques profs, mais, contrairement à mon habitude, la virulence de ces derniers provoqua chez moi un supplément d'amabilité. Le professeur Spencer assistait à ces escarmouches l'air extatique. Sous ses dehors courtois et candides, cet homme aimait donc la bagarre. Cela me plut.

— Votre exposé a fait un tabac, me murmura-t-il à l'oreille après que les derniers interlocuteurs se furent éloignés faute de me convaincre ou d'être convaincus. On vient me féliciter de vous avoir choisie. J'en suis très, très heureux. J'étais sûr de l'effet que vous produiriez sur mes collègues. La plupart ne cherchent que le consensus et vous les avez secoués au-delà de ce que vous imaginez. De nos jours, nous avons perdu l'habitude de nous remettre en question. Même nos étudiants sont trop dociles. Ils ne nous reprochent que leurs faibles notes ou les devoirs trop nombreux que nous leur imposons. Je ne vous remercierai jamais assez d'avoir accepté de venir à Belfast.

Son insistance me flattait et me troublait. Était-ce sa façon de me faire la cour ?

Ce soir-là, veille du départ, le groupe que nous avions formé se retrouva au bar des professeurs où l'alcool se vendait à prix dérisoire, ce qui expliquait sans doute la popularité du lieu. Nos joyeux compagnons haussaient le ton au fur et à mesure des pintes qu'ils ingurgitaient. Philip

T. Spencer au contraire sirotait lentement sa bière. Lorsqu'un de ses collègues quitta le fauteuil à mes côtés pour se rendre au zinc commander une nouvelle tournée, le Dr Spencer, tout poli fût-il, s'empressa de lui subtiliser la place en me regardant l'air de dire : «Je l'ai bien eu», du moins c'est ce que je crus déceler sur ses traits car j'avais perdu tous mes repères en matière de drague. Était-ce une tentative de se rapprocher de moi ou une exigence de son rôle «responsable» de ma personne?

Vers 1 heure du matin, je manifestai le désir de prendre congé alors que mes nouveaux amis s'incrustaient. Il se leva aussitôt, ne cherchant pas à prolonger ce moment où je venais de me confier un peu à lui en lui racontant les principales étapes de ma vie sentimentale. L'alcool aidant, j'avais eu envie par ces confidences, anodines à mes yeux, de lui en soutirer. Sans succès. À lui, je n'osais même pas poser la simple question «Êtes-vous marié?».

Il me raccompagna à travers les rues désertes sur lesquelles tombait une fine bruine. Nous marchions côte à côte sans nous frôler, comme deux étudiants. Il me rappelait le personnage d'Edmond, le héros rangé mais fébrile du roman de Jane Austen, *Mansfield Park*. C'est ce que je lui dis, mais il ne connaissait pas l'ouvrage. «Je devrai le lire», observa-t-il. Une fois arrivés à l'hôtel, plutôt que de me diriger vers les ascenseurs en sa compagnie, je m'attardai à un présentoir de dépliants touristiques. «Bonsoir, à demain matin», me lança-t-il avant de s'engouffrer dans l'ascenseur et sans que je puisse déchiffrer chez lui la moindre déception d'avoir à clore notre tête-à-tête.

Je montai à mon tour, peu fière de moi. À cinquante ans, je réagissais toujours comme une adolescente idiote. Et dire que je criais sur tous les toits que j'étais une femme affranchie et libérée. En me démaquillant, je découvris dans mon cou une ride que je n'avais jamais remarquée. «Tu vieillis, ma vieille», me dis-je à voix haute.

3.

À 2 heures du matin, je bouclais ma valise. Ce soir, je serais de retour à Montréal, heureuse de retrouver mon travail. J'allais débuter le tournage d'un documentaire sur la dénatalité, moi qui avais avalé dans une excitation extrême la première pilule anticonceptionnelle mise sur le marché et qui avais donné naissance par la suite à un fils unique, lequel se vantait de ne pas vouloir d'enfant. J'incarnais le paradoxe de ma génération sans trop tenter de m'en dissocier. On est moderne jusqu'à ce que l'on soit dépassé. C'est en réfléchissant à ces contradictions et en laissant flotter le regard du Dr Spencer dans mon esprit que je finis par m'endormir.

Le téléphone sonna à 8 heures. Je m'extirpai du lit et, à mon habitude, quinze minutes plus tard, j'avais terminé ma toilette et m'étais maquillée, en y portant un peu plus d'attention qu'à l'ordinaire. Je quittais sans regret la chambre interchangeable de cette ville où je ne remettrais jamais les pieds.

En pénétrant dans la salle du petit déjeuner, malgré moi je cherchai des yeux Philip T. Spencer que j'aperçus attablé seul. J'hésitai, le temps de me faire croire que mon désir n'était pas de le retrouver, puis je me dirigeai vers lui. Il se leva d'un bond et son visage s'illumina.

— Asseyez-vous, je vous en prie, dit-il en m'indiquant la chaise en face de lui.

Il portait une chemise blanche à col ouvert, un pantalon de toile beige et une veste de tweed bleue, l'uniforme parfait des étudiants anglais. Chez lui, tout en apparence suggérait le conformisme, le respect des règles, la bienséance. À part cette fébrilité que l'on pouvait confondre avec de l'enthousiasme, et une candeur, arme redoutable de séduction. Je m'interrogeais sur la conscience qu'il avait de ce dernier atout.

Depuis mon arrivée à Belfast, nos conversations s'étaient arrêtées aux limites de la vie privée, quoique j'eusse une notion assez élastique de ce qui était privé. En effet, les étapes de ma vie personnelle – mariages, divorces – que je lui avais volontiers décrites sans qu'il ait cherché à les découvrir étaient connues du public de mon pays, situation quasi inévitable de tous ceux qui font métier dans le monde médiatique. Philip T. Spencer se leva pour se rendre au buffet et c'est alors que je me rendis compte de ma nervosité. J'étais pétrie de trac devant cet homme si attentif à moi et que j'allais quitter en ignorant tout de lui. Lorsqu'il revint vers la table, il avait l'air ravi de découvrir à nouveau ma présence, comme s'il avait craint que je ne me volatilise. Il posa un bol de porridge devant lui, y versa le pichet de lait chaud en s'assurant de bien recouvrir le tout et avala consciencieusement quelques cuillerées de cette bouillie avant de briser le silence.

— Vous avez quelqu'un dans votre vie? demanda-t-il alors sur le ton de celui qui demande l'heure.

Pour un homme qui avait été jusque-là la discrétion même, la question surprenait. Mais Philip T. Spencer dégageait un tel naturel que, malgré cette intrusion, je m'entendis répondre :

— Non. Et je ne peux pas dire que je sois actuellement dans une période faste de ma vie sentimentale.

Sitôt lâchée, j'aurais voulu ravaler ma phrase alambiquée. Mais le Dr Spencer me regardait le plus simplement du monde, de toute évidence satisfait de cette réponse.

— Et vous, il y a quelqu'un dans votre vie? osai-je à mon tour.

Je dis «quelqu'un» parce que je n'osais préciser «une femme», laissant ainsi la porte ouverte à une révélation que je ne souhaitais pourtant pas une seconde. Il hésita, il me semble.

— Non, pas vraiment.

Cette réponse me plongea dans une telle per-
plexité que je fis bifurquer la conversation sur
l'Irlande. Rien dans son attitude bienveillante ne
me laissait croire qu'il percevait mon malaise.
J'eus alors droit à un complément d'analyse sur
les rapports entre la République d'Irlande et l'Irlande du Nord que le professeur, tout anglais
qu'il fût, s'efforçait de me présenter sous toutes
les facettes, selon toutes les interprétations oppo-
sées. J'en déduisis qu'il se préoccupait plus de
m'instruire que de me séduire. Et je me préparai
à lui faire mes adieux.

Au cours de notre soirée de la veille, je lui avais
mentionné que je serais à Paris en mai pour la
sortie de mon prochain roman. Quelle ne fut
donc pas ma surprise lorsque, au moment où
nous nous serrions la main avant de repartir, lui
pour la gare, moi pour l'aéroport, il m'annonça
tout de go qu'il lui plairait bien d'y faire un saut
lors de mon séjour.

— Je pourrais y venir pour un week-end, précisa-t-il avec l'air d'avoir trouvé l'idée du siècle.

Je crois que j'ai souri jusqu'aux oreilles. Si
cet homme flirtait, ses techniques d'approche
m'étaient inconnues.

— Avec Ryanair, les billets d'avion sont très
bon marché, ajouta-t-il en balbutiant.

J'étais attendrie tout en m'interrogeant sur cet
énergumène qui s'invitait dans ma vie en me pré-
cisant que c'était à peu de frais. Dans aucune de

mes histoires d'amour, un soupirant n'avait usé d'une telle approche. Le Dr Philip T. Spencer avait toutes les apparences de l'étrangeté sentimentale. Avec un pareil physique, son allure sportive, son air distrait et un charme contagieux, comment pouvais-je croire qu'il fût sans attaches ? Cette question, je la ressassai durant tout le vol au-dessus de l'Atlantique, car mon expérience amoureuse ne m'était d'aucun secours. Que me voulait donc Philip T. Spencer ? Cette interrogation allait m'obséder durant les longues semaines à venir.

En débarquant à Montréal, je téléphonai à mon amie Michelle, l'experte en relations sentimentales compliquées. Après lui avoir décrit le Dr Spencer avec précision et minutie, lui avoir fait le compte rendu le plus détaillé possible de nos multiples échanges, je m'abandonnai à son jugement.

— Il t'intéresse ?

— Pas avant de savoir si moi je l'intéresse.

— Envoie-lui un courriel pour le remercier de t'avoir invitée. Selon sa réaction, tu décideras de la suite.

Je n'avais rien à perdre, même pas un soupçon d'amour-propre : l'excuse professionnelle camouflerait le SOS-amour de ce courriel. Je n'avais pas encore l'habitude des échanges électroniques, mais j'avais confiance en mon amie. Je composai donc un court texte d'une banalité affligeante.

L'Anglais

«J'ai été ravie de vous rencontrer et vous remercie de m'avoir permis de découvrir Belfast où je ne serais probablement jamais allée.» Je le soumis à Michelle pour approbation. Elle me fit ajouter la phrase : «J'espère avoir le plaisir de vous revoir en Europe ou au Québec» (il m'avait indiqué qu'il lui arrivait aussi de faire des séjours pour ses recherches chez nous). Puis je cliquai sur «envoyer» en poussant un soupir non pas d'espoir mais de découragement. J'en étais donc rendue à tenter d'appâter un homme par Internet.

Avec le recul, j'aime prétendre que j'oubliai ce courriel disparu sur la Toile, mais cela est archifaux. Je refusais simplement de m'illusionner en luttant contre mon propre trouble. Dans le passé, mes intuitions amoureuses m'avaient poussée à agir avec précipitation car j'avais une fâcheuse tendance à mettre en scène mes coups de cœur sans tenir compte de celui qui me les inspirait. Je m'attachais trop vite, avec trop d'intensité et, je l'avoue, souvent avec peu de discernement. J'aimais la fébrilité, le doute, le fleur de peau, l'incertitude, la surprise, toutes ces sensations qui font perdre l'appétit, donnent l'illusion de la légèreté et nous plongent dans l'ivresse. J'avais trop vécu de débuts d'amours sans suite au cours de ma vie pour ne pas me méfier de mes emballements. J'avais atteint l'âge où le sens du ridicule devient une protection obligée contre les contes de fées. Les jours suivants, je cherchai des excuses pour ouvrir l'ordinateur, ce qui entraînait chaque fois une déception, mais je résistais à l'envie de trouver un prétexte pour recontacter le Dr Spencer. Cette prudence inconnue me surprenait. Il y avait donc quelques avantages à vieillir, me disais-je en y croyant à moitié.

Trois jours s'écoulèrent. Soudain, à un simple clic, une bouffée de plaisir m'envahit. Cependant, je dus déchanter lorsque je lus le court texte de celui qui signait toujours Dr Philip T. Spencer. Il m'informait avoir reçu mon message au moment même où il s'apprêtait à m'expédier un courriel officiel de remerciements. Il reprenait mot pour mot les éloges qu'il m'avait exprimés à Belfast et me décrivait de façon routinière sa vie de professeur à Trinity College. Il avait retrouvé ses étudiants sans enthousiasme excessif, disait-il, et semblait fort réjoui de l'impression qu'avait suscitée ma communication sur ses collègues. Il terminait en m'assurant de ses salutations amicales. Même entre les lignes, il m'était impossible de déceler la moindre référence personnelle me permettant à mon tour de répondre de manière un peu personnelle à ce texte lisse et poli. Je n'avais qu'une solution : consulter Michelle pour la suite à donner à tout ça car je ne me leurrais plus : j'étais incapable de mettre un terme définitif au lien ténu qui me reliait à cet homme.

L'Anglais

Obéissant à Michelle, je laissai encore s'écouler quatre jours avant de songer à répondre à Philip T. Spencer, écrivant un court texte que je relus plusieurs fois. Je réussis même à prolonger ce délai de vingt-quatre heures, domptant mon impatience. Je choisis, à mon tour, de décrire ma routine quotidienne, même si mes prestations journalistiques à la radio et à la télé me paraissaient plus excitantes que l'enseignement universitaire. J'essayai d'être brève, amusante et anecdotique, ce fut du moins l'opinion de Michelle à qui je relus le courriel sur lequel j'avais travaillé plus longtemps que sur la chronique hebdomadaire qui m'avait valu l'invitation du Dr Spencer.

Ces nouveaux échanges épisodiques suffisaient à meubler ma solitude soudain moins lourde. En étais-je arrivée à me contenter de ce monde virtuel pour lequel je n'avais jamais éprouvé la moindre attirance? Ma vie désormais se découpait en périodes de cinq jours afin de respecter le rythme que m'imposait, malgré lui sans doute, Philip Spencer. Dans chacun de ses textes, toujours aussi brefs, il réussissait à ne rien dire de lui-même, sauf à m'informer de ses goûts littéraires qui se résumaient aux grands écrivains du XVIIIe siècle français dont il était un spécialiste avant de s'intéresser à l'histoire du Québec du XIXe siècle. Et il ne cessait de faire référence à la France qu'il chérissait depuis qu'à onze ans il avait décidé d'en apprendre la langue. La France était sa passion et il la décrivait à la manière d'une maîtresse. «Nous partageons tous deux cette passion» fut la première phrase qu'il m'écrivit dans laquelle je crus déceler une émotion qui le reliait à moi. Je me gardai bien de lui répondre que j'estimais qu'il affectionnait une France plus idéale que réelle, comme tous les étrangers qui perçoivent le pays à travers les monuments de sa littérature. Quant à moi, j'usais de prudence dans mes courriels, laissant de côté mon sens critique et mon goût de la polémique. Je voulais aimer la France telle qu'il l'aimait, comme si j'avais déjà compris qu'elle nourrirait un jour son amour pour moi.

Michelle m'avait mise en garde contre mon impatience légendaire. J'avais promis de la prévenir si j'étais tentée de téléphoner à mon singulier correspondant. Heureusement, je rejetais l'idée d'entendre sa voix alors que par le passé, tant de fois après avoir rongé mon frein, j'avais cédé au désir de parler à celui dont je me languissais. Je répétais souvent à Michelle, faute d'y voir clair – ce qui me rendait maussade : «Si cet homme cherche à devenir mon ami, il fait fausse route. Des amis, j'en ai assez. Je perds mon temps avec lui. – Cesse de lui répondre alors», répliquait-elle. J'en étais incapable. Et elle le savait.

Un mois plus tard tomba dans ma boîte un courriel dans lequel je trouvai enfin une phrase à

laquelle je m'accrochai comme à une bouée.
«Samedi soir, j'étais au concert où l'on jouait
Schubert et JE PENSAIS À VOUS.» Ces quatre
mots, je les lus, les relus, les prononçai à haute
voix et, bien sûr, je consultai mon amie dans les
minutes qui suivirent. Elle me ramena sur terre.

— Tu ne vas pas construire ton avenir sur ce
«je pensais à vous». T'es tombée sur la tête, ma
pov' fille. Depuis que t'es revenue, j'ai toujours
été là pour toi mais après toutes ces semaines,
j'aurais espéré qu'il te reparle de son intention
de faire un saut à Paris.

Sa remarque me déplut au plus haut point. Je
décidai donc de réduire la fréquence avec
laquelle je la consultais. Désormais je garderais
pour moi les interprétations des écrits que me
ferait parvenir le professeur Spencer, qui dispen-
sait alors un séminaire sur l'idée de bonheur au
XVIIIe siècle.

Suite à ce courriel, marquant à mes yeux une
étape dans nos échanges, je me permis d'écrire à
mon tour : «J'ai assisté hier au spectacle de
Charles Aznavour. Et vous étiez aussi dans mes
pensées car ses chansons décrivent un Paris dont
vous et moi avons, à l'évidence, la nostalgie.»
Était-ce la distance, sa personnalité désarmante,
nos différences culturelles et une vie sentimentale à l'opposé de la mienne, dont je ne saisissais
pas encore l'ampleur, mais cet homme m'obligeait à me transformer. Je vivais une émotion
dont il m'était impossible de définir les contours.

Il m'imposait son rythme, son ton, sa retenue. Il m'assiégeait sans le savoir et probablement sans le vouloir. L'attente dans laquelle il me plongeait m'était devenue une nécessité. Et sa façon d'être, révélée à travers nos échanges électroniques, était en train de m'apparaître naturelle. Peut-être étais-je au début d'une histoire d'amour qui ne ressemblait à aucune de celles que j'avais moi-même mises en scène au cours de ma vie.

Quelques jours avant que je ne quitte Montréal pour rejoindre Paris, afin de faire la promotion de mon nouveau roman, Philip Spencer m'adressa un message dans lequel il manifesta le désir de «peut-être faire un saut» à Paris à la fin de mon séjour, tout en se réjouissant de la réception de mon livre au Québec. Il se renseignait donc à distance sur mes activités. J'en fus étonnée. À la fin de ce mot, après m'avoir décrit en détail son horaire de cours du mois de mai, il ajouta : «Auriez-vous une chambre d'amis dans votre pied-à-terre?» Abasourdie, je ne savais quoi penser. Mais qui était donc cet extraterrestre qui voulait venir à Paris en *low cost* avec Ryanair et à la condition que je le loge?

Contre toute raison, mue par une impulsion incontrôlable, je répondis sur-le-champ : «Je n'ai pas de chambre d'amis mais dans le séjour il y a un canapé-lit dont mon fils assure qu'il est confortable.» Cette fois, je n'attendis pas les trois ou quatre jours habituels avant d'expédier le petit mot. Je cliquai sur la souris. À Dublin, c'était la nuit. En ouvrant son ordinateur, le Dr Spencer sourirait et j'imaginais ses yeux sous l'effet de la joie.

4.

Il s'écoula quatre jours avant que Philip Spencer se manifeste. À l'évidence, il ne dérogeait pas à sa routine. La rapidité de ma réponse n'avait pas entraîné chez lui d'empressement à réagir à mon offre de l'héberger. J'étais vexée, mais sa constance me maintenait dans une excitation permanente. Il se passait quelque chose dans ma vie. Une annonce de dégel qui compensait le retard du printemps.

J'étais en train de lire lorsque j'entendis le bruit familier signalant l'arrivée d'un message et je sus que c'était lui. Je me précipitai devant l'ordinateur et aperçus son adresse parmi les sept messages affichés sur l'écran. J'ouvris consciencieusement tous les autres avant de faire apparaître le seul qui m'importait. En scannant le texte du regard, j'avais le cœur battant mais j'en retardais la lecture par peur du contenu. J'aperçus la signature au bas des deux paragraphes : ce n'était plus Dr Philip T. Spencer mais Philip. Il venait à Paris! J'en étais sûre.

J'attendis quelques secondes de plus avant de lire ce courriel inespéré. Était-ce par stratégie qu'il faisait coïncider son séjour avec mon dernier week-end en France? Car je l'avais informé que je devais rentrer à Montréal à la fin mai pour commencer le tournage d'un nouveau documentaire sur le bonheur – quel hasard! Cette fois, j'attendrais nos quatre jours de silence avant de lui faire signe. Cela correspondrait au jour de mon départ pour Paris. Puis j'informai Michelle de l'évolution de notre «dossier». Elle m'avoua qu'elle avait douté durant toutes ces semaines de ma capacité à pratiquer la patience, vertu indispensable pour ne pas effaroucher les hommes.

— N'oublie jamais que les hommes sont des prédateurs, dit-elle. Même les gentils aiment croire que ce sont eux qui nous harponnent.

Je doutais que le terme de prédateur s'applique à Philip Spencer, l'homme le plus désarçonnant qu'il m'ait été donné de rencontrer et qui ne semblait guère conscient de l'effet qu'il produisait. Savait-il seulement qu'il était beau? J'en doutais.

Quand l'avion d'Air France toucha la piste à Charles-de-Gaulle, j'éprouvai la sensation étrange d'atterrir dans ma propre vie. J'avais désormais les pieds sur le même continent que mon futur visiteur. Je me sentais plus proche de celui que je n'arrivais pas à désigner par son seul prénom, même en pensée. Cette familiarité supposait que je sois en sa présence. Or, je n'arrivais plus à me le représenter physiquement. Sa figure s'était estompée. Je ne me souvenais que du bleu de ses yeux et de la brillance de son regard.

Le dernier courriel du Dr Spencer ressemblait à l'horaire d'une compagnie aérienne. Il avait même ajouté l'heure approximative du RER qui l'amènerait de l'aéroport à la place de l'Étoile. J'ignorais alors que les détails prenaient une place prépondérante dans sa vie et sa perception du monde.

L'accueil de mon roman dépassa mes attentes. J'étais invitée partout : radio, télé, entrevues avec la presse écrite, voyages éclair en province, salons du livre, si bien que, sans oublier le rendez-vous du dernier week-end du mois, j'arrivais à me distraire l'esprit. Au fond, le moment de vérité m'inquiétait. S'il ne se passait rien, je serais blessée, déçue ou furieuse. Quant à l'idée que le plus fou de mes rêves se réalise, je m'interdisais de la laisser surgir et la chassais de mes pensées.

Philip T. Spencer devait arriver à Paris un jeudi soir. Or le succès du livre en Belgique m'obligeait à retourner à Bruxelles afin de participer à quelques émissions supplémentaires dont la plus importante était diffusée en direct le jeudi soir jusqu'à 23 heures. Impossible donc de rentrer à Paris pour accueillir celui qui s'était invité chez moi. Après avoir réfléchi tout un après-midi, je décidai de l'en informer par téléphone. J'avais aussi oublié le ton de sa voix et je ne résistais pas à l'idée de le surprendre. Cette conversation allait peut-être me permettre de découvrir des indices quant à ses véritables intentions. Reste qu'une partie de moi demeurait sur la défensive.

Je composai le numéro et, après deux sonneries, ces sonneries sèches, métalliques, typiques de la Grande-Bretagne et de l'Irlande, il décrocha le combiné :

— *Doctor Spencer speaking.*

J'hésitai une seconde, le temps de me ressaisir.

— C'est D. B., dis-je avant d'enchaîner : comment allez-vous ?

J'entendis alors un « Oh... » plus soufflé que murmuré.

— Quelle surprise !, dit-il.

Sa voix le trahissait. Il était fou de joie. Est-ce pour me venger déjà de l'émoi qu'il suscitait chez moi ou pour le tester davantage que je m'entendis ajouter :

— Écoutez, j'ai un problème.

À l'autre bout du fil, un silence éloquent me convainquit que je n'étais pas la seule à fantasmer notre future rencontre. Ce n'était pas un ami potentiel qui avait l'oreille accrochée au combiné, j'en aurais mis ma main au feu.

— Je ne serai pas à Paris le soir de votre arrivée. Je ne rentrerai de Bruxelles que le lendemain matin.

Je crus deviner un soupir de soulagement.

— Si cela ne vous embête pas, je préviendrai la concierge de vous donner les clés et vous vous installerez. Cela vous convient-il?

— Oh, tout à fait, s'empressa-t-il de répondre.

Il ne dit pas « J'ai craint que vous annuliez », mais à son ton redevenu enjoué, je sus qu'il avait eu peur.

— J'ai pensé que c'était plus simple de vous appeler que de vous envoyer un courriel.

— Vous avez eu raison. Et c'est un tel plaisir d'entendre votre voix.

Pour ne pas rompre le charme et pour conserver cette émotion partagée, je décidai de ne pas prolonger la conversation. Je savais désormais que je n'affabulais pas. Cet homme désirait vraiment me connaître. Il n'était pas un chercheur d'aventures, je l'aurais parié. D'ailleurs, me dis-je — et c'était fou de le formuler de la sorte —, avait-il déjà été vraiment amoureux?

J'avais accepté une invitation à dîner chez des amis très chers le dernier vendredi de mai. Dès que je connus les dates du séjour de Philip T., j'informai mon amie Jeanne que je viendrais accompagnée. Nous nous connaissions depuis plus de vingt ans et elle avait assisté à mes – appelons-les – zigzags amoureux.

— Tu l'évalueras sur une échelle de un à dix, lui dis-je, enjouée.

— Nous serons quelques-uns, répondit-elle en riant.

Je ne doutais pas que Philip T. accepte l'invitation d'autant plus que, grâce à sa connaissance de la France, rencontrer les invités du dîner dont certains étaient célèbres l'intéresserait sûrement. Il ignorait, évidemment, que dans le même temps il allait subir à son insu un rude examen de passage.

La dernière semaine avant son arrivée mit mon impatience à l'épreuve. Depuis notre coup de fil, nous n'avions plus aucun contact par Internet, comme si chacun de nous avait la prescience que ces jours allaient devenir les derniers de nos vies l'un sans l'autre. Cette période où tout est encore flou, incertain, mais chargé d'espoir, je la vécus avec gravité. Extérieurement, je m'agitais, mais je découvrais par moments de l'apaisement dans l'attente. Mon expérience passée semblait lointaine, étrangère à cette nouveauté sentimentale que représentait cet homme qui s'apprêtait à débarquer chez moi.

En descendant du train au retour de Bruxelles, gare du Nord, je marchai lentement, contrairement à mon habitude. Un taxi m'attendait. Lors de notre échange téléphonique, j'avais précisé à

Philip T. que j'arriverais avec des croissants. Je fis donc un crochet par la boulangerie et ce retard de quelques minutes avant de faire face à mon inclassable visiteur me permit de retrouver un minimum de sang-froid. Car un début de panique s'était emparé de moi. Or il était trop tard pour reculer. Dans mon minuscule pied-à-terre m'attendait un homme bien réel. Je composai le code d'entrée de l'immeuble et lorsque j'entendis le déclic de la lourde porte, j'eus l'impression étrange de plonger dans l'inconnu.

L'ascenseur s'immobilisa au sixième étage. Plutôt que d'ouvrir avec ma clé, je sonnai. La porte s'ouvrit. Il était là, plus grand que dans mon souvenir, une légère tension se lisait sur son visage.

— *Hello*, dit-il en prononçant le mot comme s'il le chantait.

Il était 8 h 30 du matin, Philip T. Spencer portait un costume gris, une chemise bleu très pâle, une cravate marine. J'avais oublié que ses cheveux poivre et sel étaient longs, trop longs, et, pour tout dire, il m'apparut moins flamboyant que lors de notre rencontre à Belfast. Je me souviens m'être dit : « Mais qu'est-ce que je fais avec ce type chez moi. » J'ignorais alors que, sous ce naturel et cette candeur, il tentait de masquer sa nervosité. Comment aurais-je pu deviner à cet instant que cet homme savait qu'il était face à son destin et qu'il avait la conviction absolue que j'étais celle qui lui était destinée ?

L'Anglais

Je faisais des efforts pour avoir l'air détendu. Sans succès. Lui m'accueillant dans mon appartement, moi y pénétrant comme une étrangère, cette scène surréaliste me faisait perdre tous mes repères. Impossible donc de me sentir à l'aise et encore moins de jouer à la séductrice.

— Je peux entrer? dis-je.

— Oh, excusez-moi, répondit-il en s'écartant.

Il avait rangé le séjour où il avait dormi; les draps avaient disparu. Aucune trace de sa nuit passée chez moi ne subsistait. Tout était dans l'état dans lequel j'avais laissé les lieux. Et pourtant, plus rien ne m'était familier.

Je devais repartir aussitôt pour me rendre à une émission. La présence de Philip T. sur un plateau de télévision où j'allais être en représentation me dérangeait. Je ne souhaitais pas qu'il soit témoin de ma capacité à jouer mon propre rôle. Je craignais de l'effaroucher avec mon image publique efficace, percutante et directe. Je voulais qu'il ignore la vedette, une fabrication superficielle, quoique réelle, à l'usage des médias. Si la notoriété des hommes attire les femmes, l'inverse n'est pas toujours vrai. Au cours de l'émission d'une heure, il serait question de mon roman, dont l'héroïne tombait amoureuse d'un homme secret, discret et passionné. J'appréhendais les questions de l'animatrice, douée pour aborder la vie personnelle de l'invité.

Comment ferais-je pour parler de l'amour, des hommes, du désir physique, alors que Philip T. serait assis devant le moniteur en coulisse ? Je me sentais prise au piège, livrée à son jugement. Je craignais de l'effaroucher ou, pire, de lui donner à penser que j'étais une femme redoutable en amour. Je suppliai donc mon amie et attachée de presse de l'éloigner des écrans.

— Confesse-le, lui dis-je. Je veux savoir d'où il vient. Cherche à connaître ses intentions. Moi je n'arrive pas à le cerner. Je me fie à ton jugement.

Régine, en bonne professionnelle, souhaitait que je me concentre sur l'émission mais je me rendais compte qu'elle était déjà gagnée à la cause de Philip T.

— Calme-toi. Il a l'air formidable ce type. Félicitations ! ajouta-t-elle comme si j'avais une quelconque responsabilité dans les qualités qu'elle lui attribuait.

Mais j'étais presque hystérique.

— Distrais-le, je t'en supplie. Je ne veux pas qu'il regarde l'entrevue.

— Ne t'inquiète pas, je m'en occupe. Et ne va surtout pas te censurer parce qu'il est en coulisse.

Je me contrôlais mal, obsédée que j'étais d'éviter qu'il soit témoin de mon impudeur et décide de repartir pour Dublin où j'avais compris qu'il vivait dans une austérité tout intellectuelle. Bien sûr, j'ignorais alors qu'il pouvait s'accommoder du glamour et que le vedettariat l'amusait.

L'Anglais

En sortant du studio où j'avais réussi une performance qui avait enchanté l'équipe de production, Philip T. m'attendait, le visage rayonnant. Il me regardait avec un étonnement ravi.

— C'était impressionnant de vous entendre, me dit-il.

Exactement ce que j'avais voulu éviter. Derrière lui, un peu à l'écart, Régine me faisait des signes de tête impossibles à déchiffrer.

— Tu l'as laissé écouter, lui murmurai-je dans le brouhaha qui régnait autour de nous.

— Arrête tes conneries. Il est formidable cet homme, marmonna-t-elle à son tour.

— Penses-tu qu'il est gay?

— T'es folle ou quoi. Bravo, t'as frappé le jackpot comme tu dis.

Philip T., à ma grande surprise, causait avec les uns et les autres, comme s'il les avait toujours connus, félicitant la présentatrice, distribuant des sourires à tout le monde. Son plaisir était contagieux et je constatais les effets de son charme, en particulier sur les femmes. Cette prestation télévisée marquait la fin de la tournée de presse. Régine me commanda un taxi.

— Où vas-tu maintenant? demanda-t-elle distraitement.

Nous étions tous les trois sur le quai face à la Seine. Philip T. m'interrogea du regard. C'était une question à laquelle je ne savais quoi répondre.

5.

À bord du taxi, la réalité me rattrapa. Qu'allions-nous faire de cette journée ? Visiter Paris comme des touristes ? Il était 11 heures du matin, Philip ne prenait aucune initiative, si bien que chaque fois qu'il posait son regard sur moi, je souriais, mais intérieurement j'étais décontenancée.

— Que souhaitez-vous faire ? lui demandai-je.

— Ce que vous voulez, répondit-il le plus naturellement du monde et sans arrière-pensée, je l'aurais juré.

— Ça vous embêterait si l'on passait aux Galeries Lafayette ? La fille d'une amie se marie cet été et je dois choisir un cadeau sur la liste de mariage.

— Ça ne m'est jamais arrivé. Cela me permettra de découvrir comment cela fonctionne, dit-il avec enthousiasme.

Je lui aurais proposé de partir en excursion safari qu'il n'aurait pas réagi différemment. Dans quel monde vivait donc cet homme pour ignorer les listes de mariage, s'inviter à séjourner chez une femme quasi étrangère, ne pas sembler avoir prévu la moindre activité durant le week-end et être à mes côtés comme si c'était naturellement la place qui lui revenait? Notre première activité ensemble consista donc à nous retrouver devant une conseillère aux listes de mariage qui nous accueillit en nous demandant si nous étions un heureux couple souhaitant déposer une liste. Je m'empressai de répondre et Philip Spencer s'amusa beaucoup de la méprise. Expéditive, je choisis une parure de lit dispendieuse et, à sa réaction retenue, j'en conclus que le luxe était un monde inconnu de lui. J'avais aussi eu l'extravagance d'acheter, en vue de sa visite, cent cinquante grammes de caviar iranien. «C'est pour une occasion spéciale», m'étais-je crue obligée de préciser au commis de chez Pétrossian. Les précieux grains noirs, gris à vrai dire, se trouvaient dans mon frigo et plusieurs fois dans les jours précédant l'arrivée de Philip Spencer, j'avais contemplé la boîte métallique bleue, symbole de mes espoirs fous. De plus, je n'avais su résister devant un déshabillé en soie et une chemise de nuit assortie qui avaient achevé de me ruiner, au cas où le professeur consentirait à céder non pas à mes avances, je m'en garderais bien, mais à mon charme, dont j'estimais qu'il diminuait à chaque anniversaire de ma cinquantaine.

En sortant des Galeries, je n'avais plus rien à proposer à mon invité. Son aisance me faisait perdre tout mon naturel. Nous marchions sans but, côte à côte. Aux intersections, je sentais sa main frôler mon coude dans un geste de protection, mais une fois sur le trottoir, il reprenait de la distance. Évitait-il les contacts ou était-ce une indication qu'il me considérait comme une camarade? Sa seule présence à mes côtés me donnait l'inconfortable sentiment d'être à sa merci.

Après plus de deux heures durant lesquelles je reçus un cours accéléré d'histoire de l'architecture parisienne, car Philip Spencer décryptait les immeubles comme les égyptologues les hiéroglyphes, nous sommes arrivés devant Notre-Dame. À mon soulagement, il n'insista pas pour y entrer.

— Vous avez faim? dit-il plutôt.

Je compris qu'il mourait de faim – les femmes, elles, ont tendance à perdre l'appétit dans ce genre de circonstance. Je connaissais une rôtisserie sur les quais face à Notre-Dame et il s'emballa à l'idée de se sustenter avec vue sur la célèbre cathédrale.

Une fois attablés, il sembla aller de soi que je commande et il acquiesça à tout ce que je suggérais. J'étais face à un être dont les réactions m'échappaient à tout coup. Ma longue expérience des hommes semblait inadéquate devant celui dont je ne savais pas alors qu'il m'avait choisie.

Après quelques minutes d'échanges anodins, abruptement il dit :

— Et si on se tutoyait ?

Pour la première fois, je me sentis bousculée.

— Si vous voulez, répondis-je sans conviction.

Il regretta sa proposition, je le lus à son expression. J'aimais ce «vous» entre nous car il laissait place à une ambiguïté qui entretenait un espoir. Avec le tutoiement s'installerait un copinage dont je ne voulais pas. Cet Anglais francophile, amoureux des nuances de la langue française, respectueux de ses règles, ne pouvait ignorer les subtilités du tu et du vous. En ce sens, Philip Spencer venait peut-être de m'indiquer les limites de notre relation. Il m'offrait une amitié dont je n'aurais que faire. Notre week-end rêvé venait peut-être de prendre fin.

Des heures durant, je fus ballottée par des sentiments contradictoires. Philip T. racontait peu de choses sur sa vie, préférant visiblement le récit édulcoré de la mienne. Et j'évitais de l'effaroucher, ayant compris avec l'âge que l'histoire d'une vie doit être déroulée à sa surface et non dans ses profondeurs, là où se terrent les passions dévastatrices encore incandescentes. Philip m'écoutait avec une intense curiosité, comme s'il découvrait un univers inconnu. D'une certaine manière, je devenais prisonnière de la qualité d'attention qu'il me portait. Alors je racontais comme on raconte une histoire à un enfant avide d'émotions. J'avais l'impression grisante de n'exister que pour lui, qu'il me considérait comme un trésor à inventorier. À d'autres moments, découragée par son insondable personne, je me convainquais d'avoir tout faux. Ce quinquagénaire de six ans mon cadet, déguisé en adolescent romantique à la vie sentimentale sans aspérité passionnelle – j'en étais sûre –, me touchait plus qu'il ne me séduisait. En apprenant qu'il n'avait eu qu'une fiancée, laquelle l'avait quitté pour un dentiste irlandais choisi par ses parents peu attirés par un professeur anglais, fût-il membre du prestigieux Trinity College de Dublin, je mesurai le fossé entre nous. Avec mes trois divorces et mes nombreuses liaisons dévastatrices et téméraires, je représentais une menace pour cet homme inexpérimenté. Pourtant, devant sa candeur et sa transparence, c'est moi qui me sentais en danger. L'émotion qui m'animait n'était-elle pas qu'une attirance physique d'autant plus déplacée que lui semblait en être inconscient?

Philip Spencer buvait peu. Il oubliait de nous servir le bourgogne dont j'espérais qu'il l'amènerait à plus de confidences. Or le vin produisait plutôt son effet sur moi. Il me grisait, m'entraînant à me livrer davantage. Je me dédoublais en quelque sorte, au point d'assister impuissante au récit de ma vie glissant de façon indicible vers une intimité de plus en plus grande. Je parlais aussi pour éviter le silence dont, à l'évidence, il s'accommodait. Quand je me taisais, il me dévisageait, un sourire contagieux éclairait sa figure et il demeurait ainsi, dans l'attente de la reprise de mon récit. Sans doute avait-il saisi ma difficulté à partager le silence avec lui. Mais loin de moi l'idée qu'il profitait de mon ivresse, car lui-même ressentait une autre forme d'enivrement. Je le constatais au ton affectif avec lequel il s'adressait à moi. La combativité m'avait abandonnée, tout comme le plaisir de la formule-choc, et je retrouvais à travers le fleur de peau une douceur que je n'avais réservée qu'à de rares personnes au cours de ma vie. Je baissais la garde et refrénais les larmes qui me montaient aux yeux. Entre la joie et la tristesse, je n'ai jamais su tracer les frontières. L'homme devant moi secouait toutes mes défenses. Je résistais uniquement par le vouvoiement. Philip Spencer évitait également de me prénommer. Durant ces longues heures, ni l'un ni l'autre n'avons usé de nos prénoms respectifs. Notre identité demeurait contenue dans le «vous».

Au moment de payer l'addition, je tendis la main.

— On partage, dis-je sans conviction.

Les additions divisées en deux sont l'usage en Amérique du Nord. Pour la première fois, Philip Spencer frôla ma main pour la repousser de la note. J'eus l'impression que je l'avais froissé et j'en fus réconfortée.

— Avant de poursuivre cette journée, j'ai une autre demande à vous faire mais j'espère cette fois ne pas vous offenser, me dit-il. Vous permettez que je vous appelle D., car j'aimerais beaucoup que vous m'appeliez Philip.

— Je veux bien, dis-je, tout en sachant que je n'y arriverais pas facilement.

Mais l'entendre prononcer mon prénom me bouleversait. Il ignorait que je n'avais jamais guéri de la blessure de n'avoir jamais été prénommée par mon père, et ce jusqu'à sa mort. Comment lui expliquer cette douleur toujours présente ? Dans le passé, il m'était même arrivé de céder au désir de quelques hommes simplement à cause de leur façon de prononcer mon prénom.

— J'aimerais aller avec vous au musée Marmottan. Vous n'êtes pas fatiguée j'espère ?

J'étais épuisée. De trop d'émois, de la tension permanente que je ressentais à ses côtés, mais je répondis :

— Je suis en pleine forme et j'adore les *Nymphéas* de Monet. J'emmène tous mes amis de passage à ce musée. Il ne faudrait cependant pas s'attarder car nous sommes attendus chez les de C. ce soir.

— Oh, je ne l'ai pas oublié, répliqua-t-il.

Ainsi, nous meublions le temps pour éviter de

nous retrouver entre les quatre murs de mon petit appartement.

Aux côtés de Philip Spencer, les tableaux du maître des impressionnistes m'émurent plus vivement que jamais. Je l'observais à la dérobée. Silencieux, concentré, il se rapprochait des toiles pour y cerner tel ou tel détail. Pendant de longs moments, il s'attardait sur un tableau et j'aurais juré qu'il m'avait oubliée. Quand enfin il décrochait son regard de la toile, il me cherchait des yeux et, en me découvrant au fond de la salle, il semblait à la fois surpris et rassuré. Nous n'avions de toute évidence pas le même rythme, si bien que je m'efforçai de réduire le pas. Au bout d'une demi-heure, n'en pouvant plus, je revins dans la salle précédente dans laquelle il se trouvait encore et l'interpellai à voix basse.

— Philip, lui lançai-je.

Il s'immobilisa et je lus dans ses yeux une tendresse qui me noua la gorge.

— Enfin, dit-il. J'attendais ce moment.

Il s'empara de ma main et la serra trop fort. J'en fus troublée comme à quinze ans.

— Vous permettez que je termine la visite ?

— Bien sûr, prenez tout votre temps, répondis-je en mentant.

Il retourna dans la salle qu'il avait quittée et je l'attendis à la sortie. Comment aurais-je pu alors deviner que cette visite serait à l'image de notre dynamique amoureuse ?

C'est en coup de vent qu'il fallut passer à l'appartement pour nous rafraîchir avant le dîner et j'en fus soulagée. J'appréhendais la fin de cette journée. Philip T. se comportait avec tant de naturel, tandis que j'étais empêtrée dans des efforts pour me composer une attitude enjouée et spontanée. Je parvenais à me contrôler en me convainquant qu'il ignorait mon bouillonnement intérieur. Je profiterais du dîner pour consulter mon amie Jeanne, qui m'attendait avec impatience et excitation, car les amies ont toutes tendance à vivre par procuration les aventures amoureuses des unes et des autres.

Dès qu'elle aperçut Philip T., je vis dans les yeux de Jeanne qu'elle était charmée. Une fois les présentations faites, je constatai que tous les invités se laissaient séduire par cet Anglais cultivé, si lettré, qui parlait leur langue avec élégance, fluidité et rigueur. Pouvaient-ils résister à un Anglais amoureux de leur pays, auquel il consacrait sa vie et qu'il défendait contre ses détracteurs anglo-saxons ? Les voir tous s'intéresser à Philip T., lui manifestant plus que de la curiosité polie – une forme d'affection à vrai dire –, me le rendait encore plus attirant. Je n'étais pas seule à subir son magnétisme.

L'Anglais

Juste avant de passer à table, Jeanne me désigna discrètement la cuisine. J'attendis quelques instants avant de la rejoindre, suivie aussitôt de deux autres copines.

— Écoute-moi bien, dit-elle en prenant les autres à témoin, cet homme-là, si tu le laisses filer, on ne voudra plus te voir.

Je les dévisageai, fière et incrédule.

— Vous le trouvez bien ?

— Bien ! On le trouve extraordinairement séduisant, répondit Catherine, une spécialiste.

Jeanne déclara solennellement qu'elle romprait notre amitié si je n'arrivais pas à séduire celui dont elle m'assura qu'il était l'homme que toute femme attend.

— J'ai acheté un déshabillé de soie blanche avec un liséré marine cette semaine chez Noël, annonçai-je en riant.

— Tu le portes avant qu'il ne reparte. À nos âges, on n'a plus de temps à perdre.

Cette solidarité féminine m'enchantait. Elle me donnait des ailes.

Le dîner se prolongea tard dans la nuit, si bien qu'à 2 heures du matin, je me retrouvai seule avec Philip T., après que nous eûmes décliné d'un commun accord les offres de nous raccompagner en voiture. Je souhaitais ce tête-à-tête avant de regagner mes cinquante mètres carrés en compagnie du seul homme à s'être jamais invité chez moi sans que je puisse deviner ses arrière-pensées.

Dans les rues désertes, le professeur redevint pédagogue, m'obligeant même à m'arrêter pour lire une plaque posée sur un immeuble devant lequel j'étais passée cent fois sans la remarquer, indiquant qu'Anna de Noailles, poétesse et romancière, y avait habité. À cette heure tardive et à ce moment crucial, cette découverte me laissait indifférente, mais, en élève appliquée, je manifestai un intérêt si sincère que, visiblement ravi, Philip crut bon de m'expliquer longuement qu'il partageait avec Anna une passion pour les paysages français, thème fondamental de son œuvre poétique. Je l'observai : sur quelle planète avait donc été conçu cet homme ?

Une fois dans l'appartement, il continua à discourir sur l'histoire de Paris. Tel qu'en lui-même depuis le premier jour où je l'avais rencontré, l'insolite de la situation ne semblait guère l'atteindre. Épuisée, j'avais peine à me concentrer sur ses propos.

— Je crois bien que je vais aller dormir, lui dis-je.

— Ah, répondit-il l'air étonné et, je le notai, déçu de devoir mettre fin à son exposé.

Je dis :

— Bonne nuit.

Il s'approcha de moi, je crus qu'il allait m'em-

brasser, mais il n'en fit rien. Il frôla ma joue doucement, me jeta un dernier regard tendre et
attendri. Désarmée, je gagnai ma chambre.

Après m'être dévêtue, je décidai de remettre
mon vieux pyjama. La chemise de nuit en soie à
liséré marine resterait dans le placard.

6.

Étendue sur le lit, je luttais contre le sommeil. À quelques mètres de moi, dans mon séjour, un étranger était couché sur le canapé-lit. J'étais bouleversée par sa présence, émue par son ingénuité et en même temps déconcertée par tant de spontanéité et de réserve confondues. Jeanne se trompait. Un homme de cinquante ans, jamais marié, ayant vécu seul toute sa vie dans des collèges semblables aux séminaires où il avait étudié pour devenir prêtre – ce que j'avais appris au cours du déjeuner –, n'était pas à la recherche d'une femme. C'était un être anormal, au sens de hors norme. De là mon incapacité à percer son mystère. Cet homme recherchait de l'affection, de la connivence, mais pas une femme dont il s'était passé sans déchirement et sans frustration évidente. Philip Spencer rayonnait d'une beauté solaire, à la manière des contemplatifs vivant en union avec Dieu.

L'Anglais

À 5 heures du matin, j'ouvris les yeux et ressentis une immense fatigue. J'avais dormi moins de trois heures et il n'était pas question de me rendormir. Sur la pointe des pieds, je me rendis à la salle de bains. À travers la porte vitrée du séjour, j'aperçus une forme momifiée étendue, inerte. Philip avait rabattu le duvet par-dessus sa tête. Même sa manière de dormir était atypique. Une fois dans la salle de bains, je résistai quelques minutes avant de jeter un regard dans le miroir. Aucune lassitude, aucun épuisement ne se lisait sur mes traits. Au contraire. Je souriais malgré moi à cette autre qui me renvoyait l'image d'une femme confiante. Ce dédoublement me permit de croire que ces deux jours avant de repartir, lui pour Dublin, moi pour Montréal, pouvaient encore changer le cours de ma vie.

De retour dans la chambre, je m'allongeai de nouveau et m'assoupis. Une demi-heure plus tard, je m'éveillai en sursaut. Je n'avais plus qu'à tendre l'oreille et attendre. Incapable de lire, je fixais le plafond, laissant cours à des pensées confuses. Mon incapacité à deviner les intentions de Philip et ma crainte d'être amèrement déçue me paralysaient. Attentive à tout mouvement en provenance du séjour, j'étais sur le qui-vive. Et plus le temps s'écoulait, plus je m'impatientais. Les histoires d'amour passées nous enseignent peu de chose face à celle qu'on espère. J'étais l'actrice d'une pièce dont la mise en scène m'échappait. Le trac me nouait le cœur.

Je chassai de mon esprit la scène où je m'imaginais perdant pied dans ses bras. En fait, je me rabrouais. À mon âge, se dénuder devant un étranger était éprouvant. Le ventre légèrement bombé, les seins quelque peu affaissés, des taches de soleil répandues partout sur la peau, ce n'était plus un corps de jeune fille que j'avais à offrir. On répétait autour de moi que j'avais l'air plus jeune que mon âge, ce qui me paraissait une preuve indéniable que j'avais atteint un âge certain. J'en étais là dans ma réflexion lorsque je crus percevoir un bruit. Je jetai un coup d'œil au réveil. Il marquait 7 heures. Je me levai d'un bond et, en dépit de toutes les mises en garde et de tous les scénarios qui m'avaient trotté en tête durant la nuit, j'enlevai mon pyjama, ouvris le placard, retirai du cintre l'ensemble de soie que j'avais vu porter par Jeanne Moreau dans un film de la Nouvelle Vague et j'enfilai le vêtement de mes espoirs insensés. Je quittai la pièce, traversai le hall et ouvris doucement la porte vitrée qui se coinça. Je n'arriverais pas à me faufiler entre celle-ci et le canapé-lit sur lequel semblait dormir Philip Spencer. J'allais battre en retraite lorsque ce dernier se retourna sur lui-même. Étendu sur le dos, il me regarda, l'air ravi.

— *Hello*, dit-il avec l'accent musical que je lui connaissais. Vous avez bien dormi?

Je fis alors le geste qui décida de mon sort. Je feignis de tomber sur le rebord du lit. Philip

L'Anglais

T. Spencer étendit les bras vers moi, entoura ma taille et, avec une infinie délicatesse, m'obligea à m'allonger contre lui. Il effleura mes lèvres mais ne chercha pas à s'emparer de ma bouche. Durant de longues secondes qui me parurent une éternité, il me garda soudée à lui. Puis il fit basculer mon corps sur le sien. La puissance de son désir m'affola.

— On serait mieux dans ton lit, murmura-t-il à mon oreille.

— Comme tu veux, fut, je crois, ma réponse.

Je retrouvais dans les gestes de Philip autant d'ardeur que de gaucherie. Il osait sans oser, en quelque sorte. Il estompait ses caresses, cherchant moins à posséder qu'à effleurer mon corps. Derrière cette retenue, je pressentis un désir de se donner comme si enfin sa quête amoureuse était comblée. Il m'enfiévrait de sa propre fièvre. J'étais si submergée d'émotions que le plaisir purement physique devint secondaire. Combien de temps sommes-nous restés dans ce silence habité de draps froissés et de soupirs contenus, enlacés dans une volonté de reconnaissance commune? Une demi-heure, une heure peut-être. Et sans qu'un mot soit prononcé.

— Tu es si belle, dit-il enfin.

Cela me rendit triste. Comment avouer à cet homme si parfaitement pur un regret jamais éprouvé avec ceux que j'avais aimés auparavant. J'aurais voulu en cet instant lui offrir le corps parfait de mes vingt ans, que j'avais abandonné si facilement parfois à des garçons légers ou insolents.

Après l'amour, les femmes sont portées aux confidences et je n'avais jamais résisté à ce plaisir intime. Avec Philip, je ne désirais que le présent. Mes vies antérieures appartenaient à une autre femme que celle qu'il tenait dans ses bras, non pas comme un trophée mais plutôt comme l'accomplissement de sa propre vie.

— Depuis Belfast, je n'ai pensé qu'à toi, me dit-il. Je suis venu à Paris pour que mon obsession devienne réalité. Je suis très heureux.

Il semblait si assuré, si calme, que ses mots sans emphase m'enveloppaient. Je voulais arrêter le temps, m'endormir collée à lui avant que le désir qui l'habitait ne surgisse à nouveau. Mais Philip Spencer ne ressemblait pas aux autres hommes. Il dit :

— J'aimerais que l'on marche dans Paris tous les deux. Ce serait une autre façon pour moi de continuer à te faire l'amour.

— Dès maintenant? dis-je étonnée.

— Oui. Tu n'imagines pas le bonheur pour moi d'être en ta compagnie dans un café pour boire un crème et dévorer une tartine beurrée.

Je croyais avoir tout entendu de la bouche d'un amant après l'amour, mais cette remarque si imprévisible m'attendrit davantage. J'avais plutôt envie de traîner au lit, mais je bondis – « comme une gazelle» dit Philip – et me précipitai sous la douche. Ma tenue de soie retourna dans le placard.

Nous nous sommes baladés plusieurs heures, car Philip insista pour revisiter avec moi les lieux où il s'était promené seul des centaines de fois au cours de sa vie. «Je savais qu'un jour je vivrais ce moment», dit-il devant la tour Eiffel. «Je suis si touché de regarder avec toi à mes côtés l'immeuble où Victor Hugo est mort», commenta-t-il dans l'avenue du même nom, à l'angle de la rue des Bellefeuilles. J'entendais ses mots comme autant de déclarations amoureuses. Sans faire aucune référence à un avenir commun, il parlait comme si on n'allait plus jamais se quitter.

Contrairement à mes habitudes, je ne cherchais pas à connaître sa vie passée. Je vivais une sorte de mutation sentimentale. La singularité de Philip, son incroyable enthousiasme à profiter de l'instant et la transparence qu'il dégageait m'éblouissaient. Il me séduisait par son absence de stratégie pour me séduire. Et sa beauté physique, qu'il semblait ignorer, était une source de fierté pour moi. J'observais à la dérobée les regards posés sur lui, par les femmes en particulier.

— Est-ce que tu sais à quel point tu es beau ? lui dis-je soudainement pour éviter de prononcer des mots plus engageants – j'avais une envie irrépressible de lui dire «Je t'aime».

— Non, répondit-il avec une sincérité dont je ne pouvais douter. Mais si tu me le dis, je vais te croire. Non pas pour me flatter, mais pour me réjouir que ça te fasse plaisir.

Depuis que nous étions dehors, Philip n'avait pas lâché ma main. Mais il incarnait à sa façon le stéréotype de l'Anglais, pudique en public.

— J'ai hâte de pouvoir t'embrasser de nouveau, de retour à l'appartement, me chuchota-t-il à l'oreille.

— Embrasse-moi maintenant, répliquai-je en éclatant de rire.

— Pas dans la rue, déclara-t-il.

— *You are old-fashioned my dear*, rétorquai-je.

— *Probably*.

C'était la première fois que je m'adressais à lui en anglais, car son attitude si contenue me rappelait que, tout francophone qu'il fût, Philip Spencer possédait non seulement l'allure d'un Anglais, mais aussi sa culture. Fils d'un docker de Liverpool, il avait accédé aux études élitistes grâce à des performances scolaires exceptionnelles qui l'avaient mené jusqu'au doctorat à Oxford. Sans doute son aisance correspondait-elle aussi à la conscience d'appartenir à un cercle restreint de gens cultivés. Il ne fuyait pas le conformisme, les usages et les règles, car ceux-ci définissaient son statut social. Et je constatais que ces différences culturelles entre nous me le rendaient encore plus désirable.

À l'évidence, Philip échappait aux contraintes que sont la fatigue et la faim. Les petites tentations de Paris, s'arrêter dans un café pour boire un verre, marcher à la recherche d'un restaurant agréable pour manger un morceau, s'asseoir sur un banc pour simplement observer les passants, ces voluptés lui étaient étrangères. Il était donc 15 heures quand je me résolus à avouer que j'avais faim. Il eut l'air sincèrement surpris.

— Ah oui? dit-il sur le ton de celui à qui on annonce la fin de la récréation.

— Tu n'as pas envie de manger?

— Maintenant que tu m'y fais penser, si!

— J'ai du caviar iranien au frigo. Ça te plairait?

En prononçant ces mots, je me trouvai ridicule de lui offrir pareil choix. Il ne put d'ailleurs cacher son étonnement. Et comme s'il se rappelait tout à coup que nous allions nous retrouver à nouveau dans l'appartement, il ajouta d'un air enjoué :

— Je crois n'avoir jamais mangé de vrai caviar. Il me tarde d'arriver à la maison.

Comment allais-je pouvoir m'arracher à lui et repartir vers Montréal?... Je me gardai bien de lui faire part de ces pensées.

— Crois-tu que le caviar puisse attendre?

Philip m'avait rejointe à la cuisine et il se collait contre moi.

— Peut-être, répondis-je, me retournant vers lui.

— Je te ramène au lit, dit-il en m'entraînant vers la chambre. Comment un homme aux expériences amoureuses limitées, ce qu'il m'avait confié sans complexe au cours de nos échanges – bien qu'il ait été facile pour moi de m'en rendre compte –, pouvait-il dégager tant de naturel dans les gestes amoureux ? Derrière une retenue à ne pas confondre avec de la timidité, je constatais à quel point il était dégagé de tout préjugé face à son corps. J'avais connu des hommes obsédés de performance au lit ; des hommes vivant l'amour comme un exploit à accomplir ; d'autres ne recherchant qu'un plaisir bref, violent, sans contrepartie ; d'autres, inquiets, qui faisaient l'amour dans la peur de ne pas être à la hauteur. Il y avait eu ceux qui s'emparent du corps d'une femme comme d'une énigme à percer. Il y avait les machos qui crient maman quand l'orgasme surgit ; certains dont on a l'impression qu'ils fonctionnent avec un mode d'emploi auquel ils ne dérogent sans doute pas d'une femme à l'autre. Des spécialistes du corps féminin, des orfèvres du plaisir charnel qui n'ont de cesse de nous faire vibrer entre leurs bras. D'autres pour qui faire l'amour ressemble à une corvée dont ils doivent se débarrasser au plus vite. Des hommes qui refusent d'être caressés, ou pire, ceux qui caressent trop faute d'être attentifs au désir de la femme. Les jouisseurs, les pervers, les enragés et les amants exceptionnels. Ces derniers ne sont pas légion.

Philip n'appartenait à aucune de ces catégories. Avec lui j'avais le sentiment de débuter amoureusement. De retrouver des émotions lointaines, non pas adolescentes mais virginales. J'étais entraînée par son désir enfin concrétisé. Et avant qu'il ne m'ait indiqué ses intentions futures, je savais que ma vie venait d'aborder la sienne. Je cédais à son propre plaisir, trop troublée pour rechercher le mien. Avec Philip, si vibrant et si manifestement heureux grâce à moi, j'eus soudain la nostalgie d'une virginité impossible à lui offrir.

À la fin de cette seconde et avant-dernière journée ensemble, j'éprouvais un apaisement jamais ressenti à cette première étape de l'amour. La fébrilité, l'anxiété, ces traits de ma personnalité s'étaient estompés. Or, je ne pouvais, sans l'alerter, expliquer à Philip que nous vivions un début d'histoire d'amour comme je n'en avais jamais connu. Je ne sus que lui dire :

— Tu sais, je suis une femme compliquée. Je ne suis pas douée pour la simplicité.

Il me sourit comme on le fait avec un enfant.

— Sans doute n'avons-nous pas la même définition des termes, répondit-il en m'obligeant à me taire par un baiser qui me fit perdre pied.

L'Anglais

Je traversai notre première nuit ensemble en le regardant dormir. J'étais de nouveau tiraillée par mes vieilles angoisses, si familières. Qui était donc cet homme pour qui tout semblait aller de soi ? Comment arriverait-il à comprendre mon passé qui ressemblait à un champ de bataille sentimental, rempli d'emballements et de passions incendiaires, mais aussi de douleurs indélébiles, de déceptions amères, de rêves fracassés ? Philip n'avait connu ni souffrances ni trahisons. À ce jour, il avait traversé sa vie à l'abri des malheurs, n'ayant connu qu'une seule peine d'amour à vingt-cinq ans. Il gardait de ce rejet subi un mépris pour cette petite bourgeoisie irlandaise qui avait préféré pour gendre un médecin, un avocat ou un comptable. La rupture de ses fiançailles, dans ce contexte, avait contribué à le convaincre que la femme qu'il espérait comme épouse se devait de partager sa passion pour la France. Durant plus de vingt-cinq ans, Philip avait donc rêvé de la femme idéale, comme les jeunes filles rêvent du prince charmant. Son assurance de la rencontrer diminuait au fil des ans, mais il m'avait affirmé durant la soirée, après avoir bu plusieurs coupes de champagne, qu'il avait gardé intact son espoir de trouver cette femme. Et comme si quelqu'un d'autre pouvait nous entendre dans la pièce, il avait baissé la voix en ajoutant : «N'ai-je pas eu raison ?» et j'avais lutté contre moi-même pour ne pas répondre. Une sagesse insoupçonnée me dictait de me taire.

L'Anglais

Cette histoire, je la vivrais à son rythme, selon ses désirs. J'en avais terminé des émotions provoquées, bousculées, amplifiées dont j'avais été la championne toutes catégories. Avec Philip, je décidais de faire le deuil des amours tempétueuses. Et en ce sens, le choix d'aimer cet homme miracle reposait entre mes mains.

En s'éveillant le dimanche matin, Philip s'informa de l'heure de la messe. J'en fus sidérée, mais avec lui rien n'aurait dû me surprendre. Je lui précisai que je ne pratiquais plus depuis des décennies et il ne s'en formalisa aucunement.

— Il y a d'autres façons de communier, lui dis-je en souriant pour ne pas le brusquer, car nous n'avions encore jamais abordé la question de la religion entre nous et je ne voulais pas l'affronter sur ce terrain délicat.

D'abord surpris comme s'il avait soudain oublié que nous étions au lit ensemble, il se colla contre moi et je l'entendis murmurer :

— Tu es ma divine tentation.

— Tu es absous de tes péchés sans pénitence, ajoutai-je dans un souffle.

7.

Les femmes ont tendance à raconter leur vie à travers les hommes qu'elles ont aimés. Elles disent « C'était avant mon mariage avec Paul » ou « À cette période, j'étais amoureuse de François », car leurs repères sont avant tout affectifs. Ceux de Philip étaient géographiques. Liverpool, Wigan, Birmingham, Oxford, Montpellier, Leeds, Paris, Dublin, chacune de ces villes marquait sa vie studieuse d'étudiant ou de professeur. Il se racontait à la manière d'un manuel d'histoire. Avec des lieux et des dates. Je n'arrivais pas à le saisir dans cette chronologie puisque j'aurais espéré l'entendre parler de ses sentiments. Mais Philip semblait totalement allergique à toute introspection.

Dans quelques heures, nous allions nous séparer et bien qu'il agît comme si nous avions la vie devant nous, il demeurait muet sur ses intentions concrètes. C'était clair, Philip Spencer, contrairement à moi, ignorait la notion d'urgence. C'est pourquoi j'éprouvai un réel soulagement lorsque enfin il aborda la question.

— Pourrais-tu venir à Dublin à la mi-juin? Je serai plongé dans la correction d'examens et ta présence me rendra ce pensum moins lourd. Je répondis oui sur-le-champ. Pour le retrouver, je traverserais tous les continents. Ce n'était certes pas une façon très romantique de manifester son désir de me revoir, mais j'avais connu trop d'hommes inconstants qui savaient parler d'amour sans une véritable capacité à aimer.

Une fois acquise la certitude que nous allions nous revoir, Philip s'engagea plus avant. Il m'invita à l'accompagner à un mariage près de Chartres en juillet et il souhaita téléphoner à une de ses sœurs. Je voulus me retirer discrètement de la pièce, mais il me fit signe de rester. En l'écoutant, je me rendis compte qu'il communiquait rarement avec cette dernière et qu'en fait il souhaitait lui parler de moi. Je souriais devant l'excitation enfantine avec laquelle il lui décrivit la soirée chez mes amis qu'il qualifia de «nos amis». J'interprétai cet emploi du pronom possessif pluriel comme la façon la plus étonnante de me dire : «Je suis amoureux de toi.»

Plus les heures passaient, plus il devenait fébrile. Mais je me gardai bien de prononcer des mots trop forts qui auraient trahi mon inquiétude ou exagéré l'émotion que j'éprouvais. J'avais trop souvent transformé en feux d'artifice une flamme naissante pour ne pas me méfier. Une prudence inconnue me guidait. Ma réputation de femme forte, indépendante et bagarreuse qui avait attiré des hommes voulant me mater avait eu comme conséquence de me faire pleurer des larmes de sang. J'avais souffert au-delà de mes limites dans ces affrontements passionnels que je confondais avec l'amour. Philip Spencer était un être d'un autre type et j'avais la sourde intuition qu'avec lui je pourrais enfin connaître le repos du cœur, l'ayant fui ma vie entière, terrifiée à l'idée qu'un tel amour m'engourdisse.

Notre dernière nuit, Philip dormit comme un loir, alors que l'insomnie me ramenait à mes vieux démons. Cet homme devait avoir une vie secrète qui m'échappait. Il n'était pas normal qu'il soit parvenu à l'âge de cinquante ans sans zones d'ombre, dans la solitude affective. Comment avait-il pu résister à toutes les femmes qui avaient dû l'approcher, lui si spontanément charmant? Allais-je encore m'enfoncer dans une histoire sans avenir? Était-il envisageable d'abandonner mon métier et mon pays pour aller m'enterrer à Dublin? Et lui, encore jeune, allait-il quitter son poste dans cette prestigieuse institution pour immigrer au Québec? L'amour par-delà les continents relève de l'univers romanesque plutôt que de la réalité amoureuse. À moins d'avoir vingt ans et la vie devant soi. Et encore...

Mais tous les arguments que je m'opposais, tous les obstacles que j'érigeais n'arrivaient pas à effacer mon espoir. Et la respiration lente et régulière de Philip endormi à mes côtés infirmait mes angoisses amplifiées par l'obscurité.

Le lundi matin, Philip quitta Paris aux aurores. Je fis un effort pour paraître joyeuse afin de ne pas porter ombrage au bonheur qu'il éprouvait à la pensée de nos retrouvailles quelques semaines plus tard. J'avais le cœur serré car toute sépara-tion produit chez moi l'effet d'un déchirement. Et si l'avion s'écrasait ? Et s'il prenait peur une fois seul devant les obstacles à cet amour naissant et décidait de battre en retraite ? J'étais encline à dramatiser, c'était là un de mes nombreux défauts, mais la vie ne m'avait jamais permis de croire aux contes de fées. Le parcours de vie linéaire de Philip était à l'opposé du mien et, à ses côtés, je ne pouvais m'empêcher de constater en moi une forme d'usure sentimentale. En croyant douter, non pas de ses intentions, mais de sa capacité à les concrétiser, je me leurrais. Car le doute était de mon fait. J'avais toujours claironné une absence de peur de m'engager dans l'amour et je devais soudain reconnaître que les échecs accumulés que je refusais de quali-fier ainsi me plaçaient sur la défensive. Étais-je apte à aimer un homme aussi lumineux que Philip? Et allais-je m'autoriser à entrer dans sa vie en apportant en héritage mon fardeau d'angoisses et de tourments? Durant les sept heures de la traversée entre Paris et Montréal, je m'épuisai à ressasser ces pensées décourageantes.

À peine entrée dans mon loft, je déposai mes bagages et me précipitai sur l'ordinateur. Les quelques secondes d'attente me parurent insupportables. J'ouvris la boîte de réception et en apercevant au-dessus de la longue liste de mails «Dr Philip T. Spencer» et le libellé du courriel «Ma chérie», je poussai un cri de joie. Pour prolonger ce moment, je ne le lus pas tout de suite. Une fois les valises défaites, les vêtements rangés avec un soin particulier, je pris le temps de trier la pile de lettres que mon assistante avait déposée bien en vue sur la table de la cuisine. J'ouvris d'un œil distrait les comptes, les pubs et quelques invitations à des premières. Parfois, je m'interrompais pour retourner devant l'ordinateur afin de relire l'énoncé du courriel «Ma chérie». Enfin, je me fis couler un bain et téléphonai pour me faire livrer du BBQ, comme à chacun de mes retours à Montréal. Plus rien soudain ne m'énervait. Le sentiment permanent d'être toujours en alerte m'avait abandonnée, si bien que je restai dans la baignoire jusqu'à ce que l'eau refroidisse et que mes doigts ressemblent à la peau verruqueuse des crapauds. On sonna à la porte. Je réceptionnai ma commande, cuisse de poulet avec frites, sauce et un ginger ale, et ce ne fut qu'après avoir dévoré cette *confort food* que je me décidai à ouvrir le premier courriel amoureux de Philip. À Dublin, il était 1 heure du matin et il dormait, j'en étais sûre. «Ma petite chérie, penser à toi me rend si heureux. Notre week-end fut un rêve. J'ai toujours l'impression que tu es dans mes bras. J'ai découvert en ouvrant mes messages que mon cours de demain était reporté à la semaine prochaine, ce qui signifie que j'aurais pu rester à Paris un jour de plus. *Too bad!* Je me sens un nouvel homme. Je t'embrasse tendrement, ma petite chérie. Philip.»

Émue comme devant le plus sublime des poèmes, je relus ce message jusqu'à le connaître par cœur puis je l'imprimai. Le décalage horaire était en train d'avoir raison de moi, mais je résistai à l'idée de me mettre au lit trop tôt afin d'éviter d'être debout à 4 heures du matin. Or le silence du vaste loft me pesait. Allais-je réussir à contrôler mon impatience obsessionnelle et laisser se dérouler le temps de cette séparation sans créer de toutes pièces un de ces drames dont j'étais spécialiste? Débarquer à Dublin sans prévenir, téléphoner à Philip quatre fois par jour, l'inonder de courriels amoureux ou l'appeler en larmes pendant la nuit n'était certainement pas la bonne manière de nourrir le vif sentiment qu'il éprouvait à mon égard. Cet homme était

peut-être l'homme miracle devant lequel j'allais
enfin déposer les armes et je n'allai pas risquer
de le perdre en jouant la comédie de l'amour fou.

Durant ces semaines précédant mon séjour en
Irlande, j'assistai, étonnée, à ma propre méta-
morphose. D'abord, je fis preuve de discrétion et
usai de prudence dans mes confidences aux
amies. Seule Michelle était tenue au courant de
mes états d'âme, car j'avais besoin de son regard
chaleureux mais distancé pour me rassurer. À
Paris, tout avait été accéléré et précipité, comme
si nous n'avions que trois jours à vivre. Je n'avais
pas prévu de faire l'amour avec Philip car j'ai toujours aimé prolonger la période où le désir
consume d'abord le cœur. De plus, quitte à passer pour vieux jeu, j'estimais désormais qu'à cinquante ans, on ne va pas au lit le premier soir.
L'apprivoisement doit se faire lentement, comme
si la mémoire du corps devait d'abord se délester
de toutes les caresses et jouissances qu'elle a
imprimées à travers les années.

Compte tenu du décalage horaire, c'était moi
qui téléphonais. Nos échanges demeuraient brefs
et frustrants. C'est peu dire que Philip n'était pas
un habitué des conversations érotiques. Je défail-
lis presque lorsque, à brûle-pourpoint, il souffla
dans le combiné :

— Chérie, je ressens un mouvement de la
chair.

— Répète, dis-je ; mais j'avais compris bien sûr.

— *It's a movement of the flesh, my love.*

Cette expression, je l'appris par la suite, il la tenait d'un de ses professeurs au grand séminaire et elle appartiendrait désormais à notre vocabulaire érotico-comique. Il n'en demeure pas moins que jamais de ma vie un homme ne m'avait excitée de la sorte.

Philip était un homme pudique, cela ajoutait à son sex-appeal. Je me suis toujours méfiée des grandes gueules, des vantards et des obsessionnels du sexe en paroles. Sa retenue, tout anglaise, m'attirait comme un aimant.

Rien n'est plus enivrant que la solitude vécue dans l'assurance qu'on existe dans le cœur d'un homme. Durant ces semaines, je me surpris à refuser des invitations pour me retrouver seule afin de penser à Philip à temps plein. Je passais des heures étendue sur le canapé, un livre ouvert dans les mains, à rêvasser de lui. Je ne me lassais pas d'imaginer son visage dont les traits s'estompaient au fur et à mesure que les jours s'écoulaient. Parfois, il surgissait comme une apparition et de nouveau je le redécouvrais. Le fait d'entendre sa voix régulièrement me la rendait présente. Je m'enivrais de sa musicalité, de ses intonations où transpirait son émotion. J'étais captive de sa présence et je ne souhaitais pas rompre le charme. J'étais dans la lune, cet état étrange et confortable, et je ne voulais plus en ressortir.

Mes amis répétaient que je rayonnais et je prenais plaisir à constater dans le miroir qu'ils disaient vrai. Je souriais malgré moi et redécouvrais dans mon regard l'éclat des débuts de l'amour. Avec l'âge, le regard perd de sa légèreté et gagne en assurance, mais celui que me renvoyait la glace était semblable au regard aérien et brillant des jeunes filles. Et en ce sens, oui, je flottais au-dessus des autres. J'avais confiance en Philip. Il n'était pas homme à prendre peur et à se défiler. Je ne m'explique toujours pas cette foi que j'avais en lui. La mémoire des trahisons passées, des reculs stratégiques d'amoureux d'abord transis, des incapacités à s'engager à long terme de vrais soupirants, cette mémoire ne me faisait pas défaut. Et pourtant, penser à Philip, dont je me répétais le prénom à la manière d'un air qui vous trotte dans la tête, me donnait la mystérieuse sensation d'approcher une vérité à laquelle je n'avais pas cessé de croire depuis les premiers émois de ma jeunesse amoureuse. Il existait, quelque part, un homme qui m'était destiné, un homme qui m'accompagnerait jusqu'à mon dernier souffle. J'étais cinglée, excessive, névrosée, hystérique, angoissée, mais le sentiment qui m'habitait ne me trompait pas.

L'Anglais

Quelques jours avant mon départ pour Dublin, une ville que j'avais visitée distraitement et sans emballement deux années auparavant, j'émis le désir de rompre nos conversations téléphoniques. Philip parut d'abord étonné et je perçus dans sa voix une très légère déception.

— J'ai besoin de ce silence, lui dis-je, me gardant bien de lui expliquer mes comportements passés.

Ce que j'avais été n'avait d'importance que pour moi.

— Si tu en ressens la nécessité, je comprends, répondit-il.

Mais je devinai qu'il ne comprenait pas. Nos coups de téléphone étaient devenus pour lui les balises qui le conduisaient à sa nouvelle vie ; car j'ignorais encore, malgré mes intuitions, sa détermination et son désir de m'installer définitivement dans son histoire personnelle.

J'ai le souvenir vif et intense des dernières vingt-quatre heures avant que je ne m'envole vers cet homme dont la part d'étrangeté contribuait à me le rendre encore plus énigmatique et attirant. Je comptais non plus les heures mais les minutes. Je refusai qu'on m'accompagne à l'aéroport. Allégée de ma vie antérieure, j'aurais aimé redevenir anonyme tout à coup, que personne ne m'adresse la parole en me reconnaissant. Je ne partais pas en voyage, j'arrivais dans mon rêve le plus fou.

Physiquement je me sentais invincible. Sans doute les athlètes de haut niveau éprouvent-ils cet état avant une performance. L'énergie décuplait ma joie. Une joie grave, incandescente, tournée vers l'avenir.

Quand l'avion s'arracha à la piste, mon cœur s'affola. Était-ce le souvenir d'avoir été tant secoué ou l'appréhension des émotions auxquelles je m'apprêtais à le soumettre? Mon ami Luc P., qui vivait à Dublin de façon occasionnelle, avait offert de me prêter son appartement, ce qui m'évitait d'envahir Philip dans sa petite maisonnette où je craignais de me retrouver à l'étroit. Naître dans un pays de grands espaces conditionne sa propre géographie. Luc, ému par ma romance, avait même expédié son chauffeur à l'aéroport pour m'accueillir. Philip, qui n'avait ni voiture ni permis de conduire, la bicyclette étant son moyen de locomotion – ce qui ajoutait à l'originalité du personnage –, avait été ravi de ce geste d'amitié. Nous ne serions donc pas seuls durant le trajet vers la ville et à vrai dire cela me convenait, cette distance me permettrait de me réacclimater à lui avant de nous retrouver en tête à tête. Quand l'appareil se posa sur la piste de Dublin, je fermai les yeux.

8.

Devant le douanier, à la question : « Quel est le but de votre voyage ? », j'ai failli répondre : « L'amour. » En sortant de la salle des bagages, à travers le mur vitré, je l'aperçus immédiatement. Il était plus beau que dans mon souvenir. Plus tendu également. Il conversait avec un homme de haute taille, roux, la figure burinée par le vent et sans doute la Guinness, le stéréotype même de l'Irlandais. Les portes coulissantes s'ouvrirent, je m'avançai vers eux, rompant la foule, et alors seulement il me découvrit. L'homme aux cheveux roux, le chauffeur de toute évidence, recula de quelques pas, mais l'attitude de Philip ne m'invitait pas à lui sauter dans les bras, ce que j'aurais fait spontanément. L'intensité de son regard et la délicatesse extrême avec laquelle il effleura mes joues et non mes lèvres effacèrent toute trace de la fatigue de la traversée nocturne. Philip me présenta Padraig qui s'empara de ma valise, et lorsqu'il me prit la main, je la sentis trembler.

Une fois dans la voiture, il la garda dans la sienne, serrant mes doigts à les écraser, tout en continuant à échanger gaiement avec le chauffeur au sujet du dernier match de foot. À son émotion palpable, je le savais bouleversé, mais sa maîtrise extérieure me rappelait que j'avais affaire à un gentleman pour qui la réserve en public appartient au patrimoine anglais.

Philip poursuivait sa conversation avec Padraig, façon d'éviter les mots entre nous, ces mots que nous savions en deçà de notre émotion partagée. C'est pourquoi, contrairement à mon habitude de parler pour faire écran aux sentiments, je me tus durant le trajet. Philip n'intervenait que pour m'indiquer un bâtiment chargé d'histoire, une rue célèbre ou un monument. Je disais : «Ah oui ! Ah bon ! » sans oser le regarder. Mais sa main serrant trop fort la mienne présageait du moment où nous allions nous retrouver seuls.

Le chauffeur, consciencieux et stylé, s'empara de mon petit sac de voyage une fois arrivé devant l'immeuble de mon généreux ami. Pas question de nous abandonner avant de s'être assuré que je sois bien installée et que Philip comprenne le fonctionnement des appareils électroménagers, du système de son et des trois postes de télévision dont un écran géant devant lequel mon amoureux s'émerveilla de longues minutes comme un enfant. Devant son enthousiasme, je crus même un moment qu'il m'avait oubliée. Mais Padraig n'avait pas refermé la porte derrière nous que Philip me prit dans ses bras. Alors, j'en oubliai jusqu'à mon nom.

Lorsque enfin je repris conscience, Philip n'était plus à mes côtés. Je regardai l'heure. Ma montre indiquait 17 h 30. J'avais donc sombré de longues heures dans le sommeil, épuisée par trop d'émotions auxquelles s'ajoutait le décalage horaire. Dans la pénombre, j'aperçus mes vêtements soigneusement rangés sur un fauteuil. Sur le lit, Philip avait déposé un peignoir que je revêtis. Je me levai et me dirigeai dans l'immense séjour aux fenêtres panoramiques, prolongé par une terrasse d'où l'on apercevait la ville à nos pieds. Philip lisait, assis sur une chaise droite plutôt que dans le confort d'un canapé, résultat de son éducation spartiate comme je le constaterais par la suite. À ma vue, il bondit de son siège, le visage illuminé de joie. Mais il hésitait à venir vers moi, comme s'il espérait plutôt un geste de ma part. Je m'avançai vers lui et me lovai dans ses bras. De nouveau, je perçus un léger tremblement de tout son corps. Je le serrai de toutes mes forces et les larmes me montèrent aux yeux. Nous nous gardions bien de prononcer la moindre parole. Comme si les mots, notre passion commune, nous faisaient défaut. Pour la première fois de ma vie, je vivais l'amour en silence.

Étendus sur le canapé, nous avons laissé la nuit recouvrir Dublin. Puis Philip eut faim. Dans l'amour, les hommes trouvent l'appétit. Philip ne connaissait aucun restaurant digne de ce nom, vivant cloîtré en quelque sorte entre les murs de son université où il prenait la plupart de ses repas. Je proposai de lui préparer des pâtes et, à son enthousiasme, on aurait cru que je m'apprêtais à lui cuisiner un festin. Je m'attendais à ce qu'il m'accompagne dans la cuisine mais à mon étonnement, il se rassit et se plongea dans son bouquin, non sans m'avoir gratifiée d'un sourire irrésistible. Depuis Paris, c'était la quatrième journée de notre vie intime et il se comportait comme si nous avions déjà un long passé commun. Cette simplicité suscitait de nouveau l'incrédulité chez moi. Cet homme échappait aux règles connues de l'attraction amoureuse comme d'autres tentent d'échapper à l'attraction terrestre.

Le garde-manger débordait de produits fins, mon ami attentif aux histoires de cœur y ayant pourvu. J'avais l'embarras du choix entre les pâtes italiennes, les sauces au pesto ou à la tomate, des blocs de foie gras, des conserves de homard importé du Canada, des anchois à l'huile et, dans le réfrigérateur, deux cents grammes de caviar beluga dans un emballage cadeau avec un petit mot manuscrit «Il faut vivre avec celui qu'on aime. Bois le champagne à ma santé et n'oublie pas les bienfaits des grains noirs. Signé L.»

Je retournai au salon où Philip, concentré dans sa lecture, sursauta dès qu'il m'aperçut. C'était pour moi une émotion délicieuse.

— Luc nous a laissé du caviar, du homard et d'autres délices, dis-je.

— Il n'y a pas de pâtes? demanda-t-il.

Il avait l'air déçu de l'enfant à qui l'on a promis des gâteaux.

— Va pour les spaghettis. Tu préfères la sauce tomate ou le pesto?

— La sauce tomate, répondit-il sur le ton de l'évidence.

Il accepta cependant de boire du champagne, confirmant son attrait pour le monde des plaisirs frivoles et épicuriens même si, jusqu'à ce jour, seuls la vie intellectuelle et le chant lui avaient tenu lieu de sensualité.

À cause du décalage horaire, je traversai une partie de la nuit à regarder dormir l'homme désarçonnant qui m'attachait à lui. Il dormait d'un sommeil apaisé, bougeant à peine, et sa beauté n'était altérée d'aucune façon. Pas de contraction des lèvres, nul mouvement des muscles faciaux et un souffle régulier, silencieux, rassurant. Avant mon départ de Montréal, j'avais mis la main sur *Country Girls Trilogy* de la romancière irlandaise Edna O'Brien. Dans ses livres, j'avais retrouvé ma propre enfance catholique avec la même vision tordue de la sexualité, l'identique obsession lancinante du péché mortel de même que l'obéissance humiliante à l'Église catholique romaine. Ses héroïnes Kate et Baba ressemblaient à s'y méprendre aux Québécoises d'antan mais le poids de leur soumission écrasait leurs désirs de révolte contrairement aux femmes de chez nous. Je me plongeai dans le second tome aux premières lueurs de l'aube, mais j'avais du mal à me concentrer. Je m'interrogeais plutôt sur l'intérêt que pouvait porter Philip à ce parcours féminin si éloigné de sa propre expérience. En clair, comment un homme aussi original, doué visiblement pour le bonheur grâce, entre autres, à une infinie patience, un refus de l'introspection et une naïveté, non sans risque pour celle qui y cède – moi en l'occurrence –, cet homme dont je devenais dangereusement amoureuse, saurait-il tolérer mes faiblesses enfouies, mes intolérances détestables et la trépidation de ma vie ? De plus, il se définissait comme catholique, assistait à la messe dominicale et n'avait tenu aucun propos négatif sur sa propre éducation religieuse, ses études au petit et grand séminaire ne lui ayant procuré que des joies.

J'eus à peine le temps de m'assoupir. Par ses caresses d'abord effleurées, puis de plus en plus enveloppantes, Philip mit fin à mon sommeil. Il explorait mon corps avec pudeur et je ne l'aidais guère en masquant l'excitation que me procuraient ses baisers. Je sentais qu'il retenait sa propre fougue, hésitant à m'éveiller complètement. Je me laissais aimer obéissant à son rythme, soumise à ses exigences, à ses gaucheries aussi qui, loin de me distraire du plaisir, le décuplaient. En me faisant l'amour, Philip semblait découvrir la force de son désir et s'en surprenait lui-même. Nous nous aimions dans les soupirs, le souffle court. Je redécouvrais mon corps à travers des émois anciens. J'avais vingt ans de nouveau.

Après un temps indéfini, étendu à mes côtés, il brisa le silence :

— Je me sens homme avec toi.

Ce n'était pas la première fois, et ce ne serait pas la dernière, que Philip exprimait ses sentiments en usant de formules aussi absolues. Je ne pus m'empêcher de sourire mais, à vrai dire, j'étais euphorique. Philip échappait à toutes les généralisations que les femmes émettent allègrement sur les hommes. J'étendis la main vers son corps car je ne voulais pas l'entendre sans le toucher, afin de m'assurer que je ne rêvais pas.

— Que veux-tu dire ? demandai-je, prise de brusques sanglots.

— Tu es la femme que j'attendais. Toutes ces années, je n'ai pas désespéré. Mais il m'arrivait de me comparer aux hommes de mon entourage. La plupart étaient mariés, ou vivaient en couple. Je me sentais en dehors de leur réalité. À mes yeux, je n'étais pas tout à fait un homme. Ça ne m'inquiétait pas, mais quelquefois c'était inconfortable. Oui, je le dirais ainsi. Soudainement, avec toi, je me sens normal. Au point où je regarde les autres hommes différemment. Je suis devenu un des leurs.

J'étais sans voix. Celle qui avait toujours les mots pour le dire s'était effacée. Les instants de bonheur peuvent se révéler aussi insoutenables que les moments douloureux. Philip avait-il perçu mon trouble ?

— Et si on prenait un café, proposa-t-il, me libérant sur-le-champ de la douleur de cette joie brûlante.

Il était 10 heures du matin. Nous étions dimanche.

— Tu veux aller à la messe ? dis-je.

Il parut d'abord surpris de la question, puis il plongea son regard bleu délavé sur moi et, en y découvrant son désir, mon cœur s'affola instantanément. Il m'enlaça et me souffla à l'oreille :

— Je préfère la liturgie de l'amour. On peut rester au lit ?

Il posait la question comme s'il jouait à demander la permission. Ce mélange de désir physique, d'émerveillement, d'assurance et de candeur me transportait.

Une heure plus tard, rassasiés, nous étions alanguis sur le canapé du salon, buvant le premier café de la journée. Il était 11 heures et demie, on était en juin, il bruinait sur Dublin. Philip me regarda avec une gravité qui me surprit.

— Ça va? demandai-je, vaguement soucieuse.

— Depuis vingt-cinq ans, je donne un séminaire sur le bonheur au siècle des Lumières. Or pour la première fois de ma vie, je prends conscience que j'ignorais le sens du bonheur. Les textes que j'enseignais m'échappaient. Grâce à toi, tout s'éclaire et je veux vivre dans ce bonheur avec toi.

Sans me laisser le temps de réagir, il ajouta :

— Je crois qu'on devrait se marier.

Trop estomaquée pour réfléchir, trop amoureuse pour dire non ou peut-être ou mais... je bafouillai :

— Tu veux m'épouser?

— De tout mon cœur. Et toi?

Notre vie amoureuse avait quatre jours.

— Oui, je le veux, dis-je, avec cette fois la conviction que seule la mort nous séparerait.

— Maintenant je vais te raconter. Lorsque je t'ai quittée devant l'hôtel, à Belfast, alors que tu partais pour l'aéroport, j'ai marché vers la gare en tenant ma petite valise. Je pensais à toi sans arrêt. Juste avant de monter dans le wagon, je me suis immobilisé. «Zut alors, celle-ci, je vais l'épouser, me suis-je dit. C'est elle! C'est la femme que j'attendais depuis toujours.»

L'Anglais

Béatitude est le mot qui me vient à l'esprit lorsque je me remémore cette scène. Philip appartenait à une race d'hommes que je n'avais jamais rencontrée. Il avait imaginé une femme qui lui était destinée et que le hasard mettrait un jour sur sa route. Sa patience avait été mise à l'épreuve avec l'âge, les femmes ayant exprimé de l'intérêt pour lui ne correspondant jamais à ses attentes. Il vivait hors de son époque. La révolution des mœurs n'avait pas abîmé son rêve. Le sentiment amoureux qui s'imposait enfin à lui le confirmait dans sa quête de folie sentimentale et faisait éclater toutes ses réserves. Philip n'était pas dans la séduction mais dans la vérité. Sa pureté me déconcertait et m'obligeait à faire fi de toutes les défenses que ma vie amoureuse tourmentée m'avait appris à ériger. J'étais l'élue de son cœur au sens le plus fort du terme. Et je savais que je ne rêvais pas cet amour, qu'il existait bel et bien.

Nous avons passé le reste de l'après-midi à organiser notre mariage. Philip souhaitait des fiançailles. J'acquiesçai. Non sans imaginer les rires sceptiques de nombre de mes connaissances. Il émit le vœu que le mariage ait lieu dans l'année qui venait.

— Je n'ai plus de temps à perdre maintenant que tu es d'accord, dit-il.

— Bien sûr, répondis-je.

94

L'Anglais

— Que dirais-tu de fiançailles à Noël à Montréal et du mariage à Paris en mars?
— Comme tu le souhaites, répliquai-je.

Il décidait de tout et je n'avais aucune objection à formuler. J'entrais de plain-pied dans cet univers des gens heureux qui provoquent les ricanements de tous les désabusés de la terre, secte à laquelle j'avais brièvement adhéré moi-même au cours de certains revers passionnels.

Je quittai Dublin métamorphosée. Je souriais malgré moi et c'était contagieux car la plupart des gens que je croisais me renvoyaient mon sourire. La femme que j'observais dans le miroir me ressemblait, mais elle rayonnait. Son regard adouci et rasséréné détendait ses traits. Cette femme flottait, portée par l'amour tardif auquel elle n'avait au fond d'elle-même jamais renoncé. Et cette femme, c'était moi, cinquantenaire combattante, future épouse d'un Anglais que j'avais conquis involontairement. Un Anglais, amant inlassable de la langue et de la culture françaises auxquelles il avait consacré sa vie intellectuelle et professionnelle. Cette langue qui l'avait mené vers moi et qu'il choisissait désormais pour dire «Je t'aime».

9.

Même si nous étions convenus que Philip me retrouverait en juillet à Paris, je le quittai rongée d'inquiétude. En quarante-huit heures, il m'était devenu si précieux que l'idée même de m'en détacher me tourmentait. Je craignais bien sûr qu'il ne lui arrive un accident ou qu'une maladie ne le terrasse. J'avais en revanche une foi aveugle en son engagement. Jamais je ne serais trompée par cet homme. Il réagissait toujours comme si nous avions la vie devant nous alors que l'angoisse sourde que le destin nous arrache l'un à l'autre portait une légère ombre à mon nouveau bonheur.

Nous communiquions par courriel et la retenue de Philip m'obligeait à décoder ses textes en lisant entre les lignes ce que sa pudeur masquait. Pour ma part, j'évitais de paraître triste de notre séparation. L'amour par-delà les continents ne convient qu'aux histoires fugaces, torrides, alors que l'absence sert de matière inflammable aux retrouvailles. Philip avait pratiqué la patience au-delà des limites du tolérable, il pouvait sans frustration vivre ces semaines en apprivoisant l'avenir qui s'offrait à nous. Mon expérience entravait mon aptitude à vivre sans dramatiser. Pourtant je savais intuitivement que cet amour ne survivrait pas à l'exacerbation sentimentale à laquelle j'avais tant eu recours auparavant.

Je ne m'étais pas trompée. Mes amies et mes proches réagirent diversement à l'annonce de ce nouvel amour, si bien que, dans un premier temps, je tus l'essentiel, à savoir notre projet de mariage, à la plupart d'entre eux. Le malheur suscite plus de sympathie et moins de scepticisme que le bonheur. Certaines amies exprimèrent leur inquiétude : « Tu devrais te méfier. Cet homme a peut-être une vie secrète. Tu réagis comme une fille naïve, ce que tu n'as jamais été. Tu t'es fait envoûter, ma pauvre. Je te le dis pour ton bien. » Quelques-unes ne purent s'empêcher de rire. « J'ai toujours su que tu étais folle. Mais là, tu exagères. Tu ne vas pas te marier pour la quatrième fois ! Tu te prends pour Elizabeth Taylor, ma foi du bon Dieu. Bon, j'espère tout de même que tu vas m'inviter au mariage, s'il a lieu ! » Quant à mon fils adoré, il se contenta de hausser les épaules. Sa mère n'en finirait donc jamais de le surprendre et sans doute espérait-il secrètement que cette lubie me passerait. « À ton âge!» fut tout ce qu'il trouva à me dire et je compris que l'idée de sa mère en récidive amoureuse provoquait en lui un véritable malaise. Les parents n'ont de sexe que pour concevoir leur progéniture. C'est bien connu!

Je rejoignis de nouveau Philip à Paris. Il charmait tous les amis à qui je le présentais. Ainsi, je retrouvais intact le plaisir d'aimer dans l'émerveillement, moi qui avais tendance à chercher la faille chez tous ceux qui m'émouvaient, façon de parer aux déceptions cruelles qui un jour ou l'autre effilochent les liens affectifs. Je me laissais porter par les éloges dont on le couvrait et qui nourrissaient ma fierté. Comment avais-je pu être choisie par cet homme lumineux?

En août, Philip rentra à Montréal en ma compagnie. Nous avions deux mois pour expérimenter notre future vie commune. Il croyait connaître le Québec à travers son histoire et sa littérature qu'il enseignait aussi à Dublin. Or, il idéalisait le Québec comme il idéalisait la France et comme il m'idéalisait moi. Cette disposition le mettait à l'abri de la déception ou du désenchantement. Et Philip avait une autre qualité précieuse. Ce passionné du passé ignorait la nostalgie, se fichait des modes et des tendances tout en étant obsédé d'information. Aucune nouvelle, aucun fait divers, où qu'il se déroule dans le monde, ne lui échappait. Cette curiosité insatiable incluait les événements de ma propre vie quotidienne. Je m'appliquais donc à lui rendre compte de tous les détails qui jalonnaient mes journées lorsque, par obligation professionnelle, nous nous séparions momentanément. Durant ces deux mois, nous avons vécu en osmose. Je n'offrais aucune résistance, ne revendiquais aucune liberté personnelle. Au contraire, je prenais plaisir à afficher ma dépendance. «Nous sommes un couple fusionnel», répétais-je devant mes copines féministes les plus militantes qui poussaient de hauts cris.

Cette période idyllique ébranla ma conviction première que nous pourrions vivre séparés par l'Atlantique, mais je me gardai bien d'en faire part à Philip. Ce dernier allait repartir pour la rentrée universitaire, il était entendu que je le rejoindrais durant quelques jours début novembre et qu'il reviendrait pour nos fiançailles à la mi-décembre. «Notre vie sera palpitante», répétait-il.

— Et si l'un de nous avait un accident?, lui dis-je un après-midi après notre sieste amoureuse, emportée soudain par la brutale réalité de son absence imminente.

Il parut stupéfait, comme si cette pensée ne l'avait jamais effleuré. Il plongea son regard dans le mien, un regard empreint de solennité. Et prononça alors une phrase qui résonne en moi depuis :

— Jamais je ne me séparerai de toi, nous mourrons ensemble, au bout de nos vies, dans plusieurs années.

— Tu le penses vraiment ? bafouillai-je, débordée par l'émotion.

— Aussi fort que je t'aime.

Il m'attira à lui et durant de longues minutes je nous crus immortels.

Même les ricaneurs se bousculaient pour être invités aux fiançailles. Après une courte réflexion, j'avais en effet consenti à faire de l'événement une grande fête car Philip, si discret par ailleurs, ne souhaitait pas une cérémonie intime. « Je veux être entouré de tes amis qui sont maintenant les miens. Je veux affirmer mon amour à la face du monde. Nos fiançailles sont une étape vers le plus grand moment de ma vie. » Je l'écoutais, abasourdie. Il avait du mariage une conception sacrée et il s'exprimait sans crainte de paraître démodé aux yeux de tous les affranchis. « Tu parles comme une midinette », lui répétais-je pour le taquiner. Il demeurait sérieux. « Nous allons confondre même les rieurs. » Il avait raison.

Le jour de nos fiançailles, mon vieil ami le père Roger vint bénir notre promesse. Philip avait souhaité sa présence. Moins à cause d'une foi vive que par fidélité à son éducation religieuse. Tout à ses yeux s'inscrivait dans la continuité. Par tempérament et par formation, c'était un conservateur et cela même dans ses choix politiques car il se définissait travailliste pour perpétuer la tradition familiale de son père et de son grand-père. J'étais amoureuse d'un homme qui ne risquait pas de me négliger au nom de l'épanouissement du moi, si cher à l'époque. Et ce respect des institutions et des repères culturels trouvait aussi un écho en moi. À travers Philip, ce digne représentant de l'Angleterre conquérante du Canada, je renforçais mes propres racines et retrouvais intactes certaines valeurs transmises par mon éducation catholique. N'avais-je pas atteint l'âge où l'on peut reprendre le fil de son passé sans trahir les convictions acquises par les expériences multiples qui échelonnent chaque vie?

Philip, élégant dans son costume bleu nuit, faisait l'envie des femmes. «Il n'aurait pas un frère?» me demanda ma copine Louise, fraîchement divorcée, en attente du mâle irrésistible et sans attaches, «ou un cousin?» ajouta Renée, célibataire ramollie après une période d'endurcissement, conséquence d'une rupture brutale à l'initiative de son conjoint supposément fou d'elle. Aux yeux de beaucoup des hommes présents, mon homme apparaissait comme une exception à la règle. Ils l'observaient et j'aurais juré que quelques-uns à la vie sentimentale mouvementée enviaient son bonheur.

Nombreux sont ceux qui eurent la larme à l'œil au moment où le père Roger déclara : «Cet homme et cette femme indiquent par leur engagement solennel devant vous qu'ils ont foi dans l'amour durable. N'incarnent-ils pas votre espoir à tous?» J'aperçus alors dans l'assistance trois ou quatre *serial* séducteurs hocher la tête, et je songeai que tout le monde souhaite secrètement trouver l'amour de sa vie. Quant à moi, sans renier mes amours et mes unions passées, j'étais attendrie de pouvoir, pour la première fois de ma vie, vivre ce rite. À la fin de la courte cérémonie, je murmurai à l'oreille de Philip :

— Je n'ai jamais été la fiancée de personne avant toi.

Il me serra la main et je perçus qu'il tremblait, comme dans la limousine à Dublin alors qu'il s'apprêtait, à mon insu, à me demander de devenir sa femme.

Philip retourna en janvier à Trinity College et je repris mes activités avec moins de mordant qu'à l'ordinaire. L'envie de ferrailler pour mes idées s'atténuait. Mon goût pour la polémique faisait place à un désir d'harmonie, à la limite incompatible avec le métier de journaliste tel que je le pratiquais. Avec mes amies, j'avais également moins envie de faire le clown. J'étais devenue une femme souriante, apaisée, comblée. «Tu rajeunis», disait-on autour de moi, et je devinais dans le ton de plusieurs qu'ils attribuaient à la chirurgie esthétique ce qui était l'expression de la béatitude amoureuse d'une vieille quinquagénaire. Et contrairement aux liftings, cet amour, imprévisible, ne s'affaisserait pas, j'en avais la certitude. Ayant décidé de me marier de nouveau, je désirais, de plus, ne pas vivre ce moment dans la discrétion, ce qui donnerait à penser que le geste comportait une part de grotesque. Pas question d'être une mariée en tailleur noir. Je ne deviendrais pas Mme Philip T. Spencer par la porte arrière parce que je n'avais plus vingt ans et que j'avais connu d'autres amours et d'autres hymens, ainsi qu'on désignait le mariage du temps de ma grand-mère. J'assumerais notre histoire avec faste. Je répondrais oui revêtue d'une longue robe blanche, avec dame d'honneur et cortège. Philip serait comblé. Le conte de fées se poursuivrait. Que les contempteurs y trouvent leur compte, je m'en fichais. Et dans mon état euphorique d'apesanteur, j'avoue que parfois je me pinçais pour croire à ce destin stellaire.

Lors d'un passage à Paris, je me rendis donc seule – certains plaisirs ne se partagent pas – dans une boutique Nuptia où se bousculaient des jeunes filles et leurs mères. Durant plus d'un quart d'heure, aucune vendeuse ne s'approcha de moi. Je pus donc à loisir admirer des dizaines de robes dans toutes les nuances de blanc et d'écru, en organza, en tulle, en coton, en taffetas, en soie, des merveilles décolletées, avec bustiers,

à manches longues, drapées, avec traîne ou dos
échancré. Soudain, j'aperçus l'objet de tous mes
fantasmes. D'un blanc éclatant, elle était piquée
de discrets boutons de roses rouges. Le décolleté me sembla osé mais peu m'importait. C'était
celle-là et aucune autre. Le plissé de la taille
m'amincirait et, quoi qu'il arrive, je perdrais
quelques kilos pour être à la hauteur de sa somp-
tuosité. Je ne la quittais pas des yeux, comme si
une jeune cliente allait me la ravir. J'aperçus une
vendeuse à quelques mètres qui s'avançait vers
moi, l'air incertain.

— Puis-je vous aider, madame? me demanda-
t-elle en regardant par-dessus mon épaule, cherchant ma fille de toute évidence.

— Je voudrais essayer cette robe, dis-je avec
excitation.

Elle marqua la surprise.

— Suis-je trop âgée pour me marier en blanc?

J'avais haussé le ton, désireuse de partager
mon plaisir avec toutes les futures mariées et
leurs mères mes contemporaines. On fit cercle
autour de moi et je donnai ordre à la vendeuse
de décrocher ma robe pour essayage.

Je la revêtis en évitant le miroir. J'avais presque
peur de m'évanouir devant la femme que je
découvrirais.

Des applaudissements fusèrent lorsque je sortis
de la cabine d'essayage afin de déambuler dans la
boutique où les glaces murales me renvoyaient
mon image sous tous les angles. Vendeuses et

clientes avaient abandonné le ton feutré de leurs échanges, les mères se parlaient entre elles, les futures mariées échangeaient amicalement; le commerce avait changé d'atmosphère.

— Vous êtes magnifique, madame, me dit une beauté élancée de vingt-trois ans.

— Vous avez raison d'oser la longue robe blanche, m'assura une mère visiblement impressionnée et, je l'aurais juré, presque envieuse, qui avait saisi que je n'en étais pas à ma première expérience matrimoniale.

Je jubilais. La couturière vint prendre mes mensurations et me rassura sur l'audace du décolleté. Je choisis des souliers blancs, un collant blanc et un sac minuscule, trop dispendieux, piqué de délicats boutons de roses, rappel de ceux de la robe. Je quittai l'établissement avec les vœux de bonheur des futures mariées, de leurs mères et du personnel et, une fois dans la rue, je remerciai le ciel, faute de pouvoir téléphoner à ma mère, décédée quelques années plus tôt.

Je retournai à Montréal où l'hiver sévissait. Durant une dizaine de jours, la température marqua – 20 °C, – 30 °C, – 35 °C, occupant l'essentiel des conversations. J'étais imperméable à ce froid venu du nord. Enfermée dans le loft, je bourrais les cheminées de bûches d'érable et, étendue sur le canapé, je passais des heures à rêvasser, un livre à la main, où je devais relire chaque ligne, incapable de me concentrer. Consciente de vivre une période extatique faite de désir, d'attente des coups de fil de Philip, réguliers mais brefs parce que trop frustrants de part et d'autre, j'évitais de laisser des ombres fugaces occuper mon esprit.

Philip m'avait donné carte blanche pour organiser notre mariage qui se déroulerait civilement à Paris en mars et à la fin de l'été au Québec, cette fois religieusement. C'était son vœu et je n'avais aucune objection, la liturgie du mariage surpassant à mes yeux le rituel civil. De plus, se marier au nom de Dieu et de la République française s'inscrivait dans l'histoire de nos deux vies. Nos racines catholiques et notre passion pour la France y trouvaient leur compte. Des deux côtés de l'Atlantique nos amis et nos parents se réjouiraient avec nous.

Pour la réception en France, nous avions choisi le château de Villeray, non loin de Chartres, que nous avions découvert lors d'une visite de la région. Ce château avait été envahi par les Anglais au Moyen Âge ; Philip, lui, reviendrait en pacificateur. Mon enfance s'était déroulée dans le quartier Villeray à Montréal, un quartier habité par des gens fort modestes mais vaillants à l'ouvrage. J'aimais cette trajectoire du quartier Villeray au château du même nom et je regrettais de nouveau que ma mère ne puisse vivre ce qu'elle aurait sans doute considéré comme une revanche sociale sur sa dure vie. J'organisais l'intendance,

Philip acquiesçait. Je suggérais, il disait : «C'est une bonne idée.» Je débordais d'énergie, infatigable. «Tu es merveilleuse», me répétait mon fiancé. «Tu en fais trop, toi la militante du partage des tâches entre les sexes», décrétaient mes amies. Peu m'importait. J'avais constaté assez vite l'incapacité de Philip à organiser la vie quotidienne. J'avais affaire à un pur esprit, à peine apte à mettre la table sans directives précises. À vrai dire, j'avais enfin trouvé un défaut qui me justifierait plus tard de le faire sortir de ses gonds, l'amour dans la ouate en permanence étant à mes yeux la meilleure façon d'engourdir le désir. Les émotions ne devraient jamais ressembler à un électrocardiogramme plat.

Dans le feu de l'action, il m'arrivait de ne pas penser à lui concrètement durant quelques heures, mais, à vrai dire, sa présence s'imposait si fortement que ces moments de distraction ressemblaient au sommeil. De façon imprévisible, je m'éveillais à lui et me retrouvais dans un état étrange où j'entendais ce qu'on disait autour de moi, où je répondais avec précision, mais sans jamais quitter mon dialogue intérieur avec Philip. En fait, je vivais sa présence en moi comme d'autres ressentent celle de Dieu. Il habitait mon esprit, mon cœur, ma raison, sans oublier mon corps.

Je l'aimais divinement. À l'instar de ma vieille amie Lise, je répétais constamment comme un leitmotiv : «Dieu est bon.» Et ce malgré les doutes qui caractérisaient ma propre foi.

10.

Deux semaines avant le grand jour, je m'envolai vers Paris, ayant réussi l'exploit de boucler toutes mes émissions, de préparer l'appartement afin que mon mari s'y sente à l'aise à notre retour, et dans l'espoir que l'organisation du mariage ne connaisse pas de ratés. Une centaine d'invités à loger, nourrir et divertir suppose une gestion où le plaisir qu'on y met peut vite se transformer en épreuve. Je m'étais aussi assurée que Philip n'oublie pas ses costumes et nos alliances à Dublin car j'avais compris que la distraction qui ajoutait du piquant à son charme compliquerait notre vie future. Les lieux historiques inspiraient mon fiancé, mais à l'évidence un comptoir de cuisine débordant de vaisselle sale, un frigo à garnir ou des vêtements à mettre au linge sale représentaient des énigmes insolubles à ses yeux, lorsque d'aventure il prenait conscience de leur existence. Le XVIIIe siècle si cher à son cœur était aussi sa référence en matière de partage des tâches ménagères dans le couple. J'allais m'accommoder avec plus ou moins de bonheur de cette faille, la seule que j'avais détectée chez lui et qui, en un sens, me rassurait, la perfection humaine étant à mes yeux un objectif plutôt inquiétant. Mais son côté pur esprit, qui le rendait incapable de choisir seul la sorte de pain ou yaourt et m'obligeait soit à l'accompagner soit à détailler la liste des courses à faire, indiquant jusqu'à la grosseur des boîtes de conserve à acheter, me déconcertait.

Nos retrouvailles d'amants pour quelques jours encore nous enflammèrent. Durant quarante-huit heures, nous sommes demeurés *incommunicado*. Aucun coup de fil, l'ordinateur fermé ; nous n'avions d'urgence que de nous aimer. Vivre et manger au lit était une première pour Philip et, je l'aurais juré, pour moi aussi. La mémoire des amours passées s'estompe au cours d'une vie car on ne retient souvent que la brûlure des douleurs. Et la reconnaissance que m'exprimait Philip ajoutait à ma joie.

— Que suis-je pour toi ? lui demandais-je sans me lasser.

Il cessait de sourire, réfléchissait avec intensité, parfois un long moment.

— Tu ne trouves pas ? disais-je l'air déçu.

— Je cherche les mots les plus justes, ceux qui correspondent parfaitement à mes sentiments, répondait-il. Tu m'es essentielle. Tu es la femme qui m'était destinée. Tu es celle qui a justifié ma longue et parfois triste vie de célibataire en attente de toi.

Il peinait à formuler l'amour, lui qui avait le culte du mot juste. Ses efforts me touchaient, mais je m'attristais devant sa déception de ne pouvoir exprimer verbalement ce que son cœur éprouvait. Cependant, ses caresses parlaient d'elles-mêmes et suppléaient amplement ce manque.

La veille du mariage, nostalgie oblige, je suggérai à mon futur époux d'aller dormir chez des amis, trop heureux d'accueillir un fiancé quinquagénaire aussi fébrile, nerveux et enfiévré. Pour ma part, je passai une nuit blanche, seule dans le pied-à-terre où nos vies avaient bifurqué vers un destin commun. Mes amours, mes blessures, mes angoisses, mes déchirements, mes déceptions et l'espoir secret que j'avais entretenu de parvenir un jour à aimer avec passion et apaisement à la fois, avaient trouvé leur sens. Je n'avais jamais regretté mes attachements successifs, mes erreurs, mes combats inutiles, ce qui expliquait peut-être l'enthousiasme avec lequel j'avais laissé Philip débarquer dans ma vie.

C'est au bras d'un vieil ami, écrivain aussi célèbre que pessimiste, mais qui avait les larmes aux yeux en m'accueillant dans la voiture qui nous conduisait à la mairie, que j'entrai dans la salle des fêtes sous les applaudissements des nombreux invités manifestement ravis d'être là. Tous connaissaient l'histoire de notre rencontre et c'est pourquoi les sourires étaient sincères. Philip masquait mal sa nervosité et lorsque enfin il me saisit la main lors de l'entrée de la mairesse dans la salle, le calme s'installa en lui. À la question de circonstance, Philip répondit « Oui » avec une voix si forte et si convaincue que les rires fusèrent dans l'assistance. Mon oui fut moins spectaculaire, sans doute parce qu'on ne revit pas les situations passées en jouant la novice.

Au nom de la République, nous étions mariés. Alors Philip m'embrassa, avec retenue, tel qu'en lui-même, mais après m'avoir soufflé à l'oreille : « Je crois que je vais m'effondrer de bonheur. » J'avais dit oui avec spontanéité, j'avais porté une alliance, j'avais été la femme de... mais ces engagements avaient été marqués par la volonté et l'espoir. Cette fois, avec la lucidité acquise par l'expérience de la déception et de la désertion amoureuses, je savais que Philip serait le dernier homme de ma vie. Et à son bras, devant nos invités émus parce qu'eux-mêmes comprenaient le sens de notre promesse, je traversai la salle avec la conscience aiguë que j'étais enfin dans ma propre vie et que Philip lui donnait tout son sens.

Les réjouissances se poursuivirent jusque tard dans la nuit. Entouré, inondé d'hommages, Philip exultait. « Tu es heureux ? » lui répétais-je. Il souriait, répondait : «Tu es belle», ou «Merci», ou «Je suis né pour ce jour». Trop de compliments et de regards, trop d'allégresse et d'émotions eurent raison de mon énergie. De plus, je me languissais de mon nouveau mari, pourtant à mes côtés, car, dans les circonstances, nous appartenions à nos amis. Par instants, des images fugaces mais fortes d'unions précédentes s'imposaient à mon esprit. La présence de mon fils et de quelques amis de longue date ayant assisté à d'autres fêtes identiques contribuait à faire resurgir de vieilles écorchures mal cicatrisées.

Cette nuit-là, dans la suite immense de notre château, étendus sur le grand lit nuptial, nous n'avons eu la force que de nous enlacer tendrement. Sans réfléchir, Philip me dit :

— C'est épuisant de se marier.

Je le regardai éberluée. En un éclair, il comprit et avant qu'il n'ouvre la bouche, j'ajoutai :

— Ça ne risque plus de m'arriver.

Nous avons éclaté d'un rire sonore dans lequel j'enfouis mes ombres, mes doutes et surtout ce bonheur tout neuf d'être Mme Philip T. Spencer, ce nom que je ne porterais jamais en public mais qui sonnait joyeusement à mes oreilles. «Vous venez, madame Spencer» deviendrait dans la bouche de Philip une invitation érotique. Preuve que le mariage ne tue pas l'amour comme le proclament les mariagophobes. Notre nuit de noces, nous l'avons rie jusqu'à en tomber de sommeil.

L'Anglais

Le voyage de noces se déroula en Ukraine, à Kiev et Odessa. Un an plus tôt, j'avais accepté une invitation de l'Institut culturel français à y prononcer des conférences sur le thème de la francophonie. Quoi de plus éloquent que de fêter notre amour parmi des amoureux de la langue française qui nous accueillirent avec chaleur, surpris de recevoir des nouveaux mariés en ce début de printemps froid et pluvieux. Pour nous, l'exotisme ajoutait une couleur imprévue au début de notre vie de couple, si bien que la tristesse ambiante eut peu d'effet sur notre humeur. À Odessa, nous avons marché des heures malgré l'humidité pénétrante en nous imaginant cent ans plus tôt dans ces demeures dont on devinait la magnificence passée. Au bord de la mer Noire, grise et rebutante, nous nous sommes retrouvés seuls clients de l'immense et vieil hôtel Londonskaya. Le décor suranné ajoutait à l'atmosphère étrange du lieu encore habité par les ombres d'un passé tragique dominé par la terreur, la délation et la corruption. «Nous apportons du bonheur en ces murs», me dit Philip quand je me désolai de ce lourd décor pour un voyage de noces. Mais le même soir, je me retrouvai devant un auditoire impressionnant, composé en partie de jeunes gens, tous enthousiastes, qui s'exprimaient dans un français soutenu, élégant et poétique, sans avoir jamais quitté l'Ukraine. La présence de Philip dans l'assistance ajoutait à l'intensité de mes propos et j'eus l'impression, en faisant un éloge du français aussi vibrant qu'émotif, de lui faire une déclaration d'amour.

Arriva l'heure de notre première séparation en tant que couple marié. Philip allait reprendre le chemin de l'Irlande pour terminer l'année universitaire et je rentrais à Montréal où m'attendaient des tournages de télévision. Je convainquis Philip de partir un jour avant moi. Ainsi, je demeurerais plus près de lui durant vingt-quatre heures, Paris étant à un jet de pierre de Dublin. Sans le lui avouer, je me gardais la possibilité de le retrouver le soir même en sautant dans un des nombreux vols entre les deux capitales, car une fois traversé l'Atlantique, cette possibilité s'amenuiserait en raison de la longueur du vol, du décalage horaire et des contraintes de travail. Cependant, je doutais que Philip apprécie ce type d'imprévus, sa longue vie de professeur et de célibataire routinier l'ayant habitué à s'en tenir à ses engagements. À vrai dire, les surprises, même dictées par l'amour, ne correspondaient pas à son tempérament. Il me fallait à tout prix éviter d'effaroucher l'homme que j'aimais et, pour ce faire, restreindre ce besoin jadis incontrôlable de mettre en scène les sentiments par des gestes d'éclat spontanés, et parfois insensés, où j'avais l'illusion de vivre le cœur au bord du précipice. Mon nouveau mari n'apprécierait guère ces hystéries passagères et l'amour dans l'apaisement, jusque-là une contradiction dans les termes à mes yeux, serait l'idéal vers lequel je tendrais désormais.

— Au revoir, ma petite femme, murmura Philip sur le pas de la porte en m'embrassant doucement.

Je retins mes larmes et, sourire aux lèvres, j'attendis que la porte de la cage d'ascenseur soit refermée pour retourner dans l'appartement où j'éclatai en sanglots. Je pleurai de longues minutes sans arriver à me ressaisir. Ni à départager une vieille tristesse si familière à mon cœur de la joie réelle qui m'habitait. Je ne saisissais pas les raisons de ces larmes intarissables contre lesquelles je ne luttais pas car elles me libéraient d'une trop forte tension nerveuse. Philip et moi avions volontairement écarté de notre esprit les embûches qu'allait dresser la vie partagée sur deux continents. Les déconvenues amoureuses m'avaient obligée à vivre seule à certaines périodes de la vie, mais je m'illusionnais. Contrairement à mes prétentions, cette solitude, que j'appelais stupidement « ma liberté » en la clamant sur les toits, m'avait toujours pesé. Et tout à coup, face au départ de Philip, je ressentais cruellement son absence. Je pleurais car je n'aurais jamais la force d'aimer dans l'arrachement permanent. Comment allions-nous concilier notre travail respectif avec le désir d'être physiquement soudés l'un à l'autre ? Je passai une partie de la nuit à tenter de trancher ce nœud gordien.

L'Anglais

J'avais demandé à Philip de ne pas téléphoner avant mon retour à Montréal, si bien que je quittai l'appartement comme à l'habitude, sans faire signe à quiconque. L'avantage de vivre dans deux pays oblige aussi à des séparations amicales permanentes. À chaque départ, j'éteignais mon portable, évitant les au revoir aux uns et aux autres. Entendre la voix de Philip sur le même continent que lui n'aurait qu'accentué mon chagrin et je ne souhaitais pas qu'il devine mon état d'esprit.

Je repris le collier et travaillai sans relâche. Même dans le feu de l'action, je réussissais à penser à Philip. Dès que j'en avais l'occasion, par exemple au cours d'une entrevue télévisée que je menais tambour battant, l'instant d'un éclair il m'apparaissait. Le matin, j'ouvrais les yeux en disant à voix haute : «Philip, mon mari», et je souriais aux anges. En présence d'interlocuteurs, je n'arrivais pas à prononcer deux phrases sans glisser : «Mon mari». Je traversais chaque journée entre sa présence qui m'enchantait et son absence qui me désolait. Je sortais peu, pour me soustraire à la remarque prévisible «Ton mari n'est pas là», mais avant tout parce que le goût des autres sans lui m'avait quittée. Je préférais rêvasser sur le canapé en déroulant le film de notre amour depuis les premiers moments à Belfast, alors que j'étais inconsciente des effets de son charme sur ma vie future.

— Je ne comprends pas que le mariage te fasse un tel effet. D'abord, parmi nos amies, tu es celle qui s'est mariée le plus souvent. Et sincèrement, tu aurais pu vivre avec Philip sans passer encore une fois par tout ce tralala. Anne n'était pas une amie proche mais, incontestablement, c'était la plus sincèrement brutale. Je trouvais sa remarque pertinente malgré l'agressivité de la formulation. Et je lui donnais raison. J'accordais à ce nouveau mariage une dimension sacrée. Dans la cinquantaine, cet engagement solennel est un acte de conscience, un défi au temps qui file et un refus de l'usure des sentiments. De plus, à quoi sert l'expérience si elle n'enseigne pas les vertus de la constance amoureuse. À vingt ans, on se marie en faisant un pari. Dans la cinquantaine, on convole avec la conviction que la permanence du sentiment ajoute à son intensité. J'aimais aimer Philip, assurée que notre amour allait survivre jusqu'à la fin qui m'obsédait et que je n'arrivais pas à nommer. Et j'aimais être aimée de Philip dont le regard transparent éloignait mes propres fantômes.

Dans l'attente de son retour à Montréal où serait célébré le mariage religieux auquel j'avais convié de nombreux amis, je transformai l'appartement. Je devais aménager des rangements car faute de sa présence physique, je souhaitais vivre entourée d'objets lui appartenant et de vêtements que je pourrais palper et respirer à la recherche de son odeur. Dans la salle de bains, j'achetai de nouveaux ensembles de serviettes, une brosse à dents que je déposai à côté de la mienne et son eau de toilette, *Arancia di capri*, dont je m'aspergeais avant de dormir. Ainsi, la nuit, dans mes insomnies, son parfum amadouait ma solitude.

Ni les coups de fil ni les courriels que nous échangions ne calmaient mon impatience et ne diminuaient le sentiment d'être amputée d'une partie de moi-même. Il me fallait admettre que vivre sans Philip ne magnifiait pas notre amour. Au contraire, la frustration prenait peu à peu le pas sur ma nouvelle sérénité. Entendre sa voix exacerbait mon désir devenu omniprésent. Lire ses courriels décuplait mes attentes. Je me languissais de ses murmures, de son souffle sur ma peau, de ses caresses discrètes annonçant son envie d'amour. Lui-même manifestait de l'impatience. Il perdait de son flegme et de sa quiétude, emporté par la passion dans laquelle il m'enveloppait. Notre vie l'un sans l'autre serait invivable, nous en avions un avant-goût. Notre intention d'incarner le couple moderne, nous rejoignant dans des retrouvailles d'autant plus enflammées que les séparations nous déchiraient, était une chimère. Alors, avant que Philip ne débarque à Montréal, notre décision fut prise en tenant compte du fait qu'à nos âges le temps devenait notre ennemi. Nous étions convenus qu'à la fin de l'année sabbatique qui s'annonçait, Philip quitterait Dublin. «Trop jeune pour la retraite, mais trop vieux pour gâcher le temps de l'amour», m'écrivit-il. Ce choix était facilité par la perte d'intérêt de ses nouveaux étudiants, peu enclins à vibrer pour ses amis Voltaire, Rousseau ou Diderot. «Je suis le dictionnaire le plus cher», disait-il pour expliquer sa reconversion de prof de littérature en prof de grammaire et de vocabulaire, faute d'étudiants irlandais passionnés par la langue française et, à plus forte raison, le XVIIIe siècle.

11.

Les préparatifs du mariage religieux me replongèrent dans l'euphorie qui m'avait quittée. Cette fois-ci, j'avais prévu un cortège avec bouquetières et dame d'honneur. Et peu m'importaient les sourires forcés et les commentaires ricaneurs des «affranchis» du mariage. Cette cérémonie religieuse s'inscrivait dans l'histoire de nos deux vies. On peut rompre avec son propre passé mais les émotions anciennes sont ineffaçables. Philip était anglais et catholique, une identité qu'il s'était appliqué à défendre, en particulier devant ceux qui s'étonnaient de son attachement à la culture française. Nos opinions divergeaient sur l'Église et ses faiblesses, mais grâce à notre éducation religieuse, nous partagions une culture commune. Enfants, nous avions vibré à la même liturgie, récité les mêmes prières, partagé les mêmes rituels et cru aux mêmes dogmes. Le catholicisme avait défini notre vision du monde, notre sensibilité et nos repères. Philip avait aussi souhaité cette cérémonie devant l'autel par fidélité aux croyances de ses parents. J'aimais que cet homme qui me bouleversait revendique la continuité des choses. Ma vie de ruptures, nécessaires parfois, déchirantes souvent et exténuantes toujours, allait enfin s'apaiser. Le mariage religieux, par-delà sa dimension nostalgique, me permettait de renouer avec la petite fille mystique que j'avais été et qui m'avait mise à l'abri de la dureté et du désespoir ambiants dans lesquels j'avais grandi.

Philip se réjouissait de mon activisme conjugal. Encore une fois, il acquiesçait à toutes mes propositions. Le cortège : oui. Le menu : oui. Il n'eut de réserves que sur le choix des invités. J'avais proposé une centaine d'amis, il en souhaitait davantage, voulant profiter de l'occasion pour en rencontrer le plus grand nombre.

— Je suis un immigrant et, grâce à toi, j'ai la chance de m'intégrer rapidement. Je suis ton mari et je veux qu'on le sache, dit-il pour me convaincre car j'hésitais à allonger la liste.

J'étais interloquée. Philip, si peu terre à terre, enfermé dans ses pensées, réagissait parfois avec un réalisme désarmant :

— Si je te comprends bien, lui répondis-je sans rire, je pourrais réserver le stade olympique car tu sais bien que par mon métier je connais des milliers de gens.

Il me regarda et j'aurais juré, l'espace d'une

seconde, qu'il envisageait l'idée. Je pris son beau visage entre mes mains et le secouai doucement. Il me sourit avec facétie, l'air de dire : «Tu crois me connaître, mais tu n'as rien vu.» Devant sa gaminerie, je craquai. Il allongea le bras et débrancha le téléphone.

«Please, Mrs Spencer», chuchota-t-il.

Le matin du mariage, je me précipitai à la fenêtre. Nous étions fin août, le ciel gris annonçait des orages et la température avait chuté de 15 °C pendant la nuit. La réception se déroulait à la campagne sous une tente où nous allions geler. Emportée par l'optimisme de Philip, je n'avais jamais envisagé que le soleil ne soit pas au rendez-vous. J'étais découragée. Mais Philip n'en démordait pas. Le ciel allait s'éclaircir à l'heure prévue pour la cérémonie. Portée à prévoir le pire afin d'éviter la déception, je me laissai tout de même convaincre.

Une heure plus tard, le ciel se dégagea et Philip quitta la maison pour l'église sous un soleil aveuglant. J'avais revêtu ma robe blanche avec excitation et quand je vis sur moi le regard de mon frère au bras duquel j'allais me rendre au pied de l'autel, je fondis en larmes. Ce dernier, peu expansif, paraissait si bouleversé qu'il fut incapable de me regarder. Il luttait pour cacher son émoi et sa nervosité était palpable.

L'Anglais

— Comment me trouves-tu ? lui demandai-je, sans doute pour la première fois de ma vie.

— Surprenante, répondit-il.

Dans la limousine qui nous transportait vers le village, les bouquetières, mes nièces, Michelle, la dame d'honneur, mon frère et moi, sommes demeurés silencieux, chacun dans son rôle, conscient de la solennité du moment.

La voiture s'immobilisa devant l'église patrimoniale construite au début du XIXᵉ siècle. Michelle prit en main l'organisation du cortège alors que les grandes orgues résonnaient de l'hymne d'entrée *Trumpet Volontary* de Jeremiah Clarke, compositeur anglais du XVIIᵉ siècle, le choix de Philip. Je montai les marches, tremblante, au bras de mon frère aussi tremblant que moi et, en pénétrant dans le temple, je me sentis défaillir.

— Je n'arriverai pas au pied de l'autel, lui murmurai-je.

— Serre mon bras plus fort, souffla-t-il.

Nous avancions lentement, sous le regard de mes amis aussi stupéfaits qu'émus. Une mariée quinquagénaire, ayant mené le combat de l'égalité des sexes, de la décléricalisation du Québec et de la libération sexuelle, remontant la nef pour s'agenouiller au pied de l'autel afin de reprendre époux devant Dieu en désarçonnait plus d'un. D'autant que, pour la plupart des invités, ce moment était évocateur d'unions passées que le temps avait brisées.

Mon ami le père Roger officiait, assisté du curé de la paroisse. J'étais assurée ainsi que les mots pour parler de l'amour et de l'amitié ne seraient pas un ramassis de lieux communs et de guimauve. De fait, conscient que l'auditoire était composé en majorité de catholiques en rupture de ban avec l'Église, silencieusement agnostiques ou bruyamment athées, Roger glorifia les valeurs humaines, l'affection, la générosité, la fidélité aux engagements. Et dans un geste audacieux, il incita les uns et les autres à communier en union avec nous. «Même si vous avez déserté l'Église depuis longtemps», précisa-t-il. Philip ne put s'empêcher de se tourner vers moi et je lus dans son regard la surprise la plus totale. Derrière nous, je devinais un remous dans la foule. Quelques minutes plus tard, au moment de la communion, on entendit un va-et-vient généralisé. Lorsque enfin nous nous sommes retournés vers l'assemblée afin de distribuer nous-mêmes l'hostie, je restai stupéfaite. La quasi-majorité de mes amis, mécréants ou croyants, avançaient en rang serré vers la sainte table. Je dus faire un effort pour conserver le recueillement qu'exigeait le moment. «Le corps du Christ», dis-je en déposant l'hostie dans la main d'une copine dont je savais qu'elle n'avait pas mis les pieds dans une église depuis des années, en dehors de funérailles occasionnelles. «Le corps du Christ», répétai-je en dévisageant un vieux complice, agnostique avoué celui-là. «Je ne le crois pas», me souffla un autre pendant que je prononçais la formule. Philip ne pouvait comprendre l'onde de choc provoquée par cette distribution sacrée, ignorant le passé de la plupart de nos invités.

Ce fut donc une messe de mariage inattendue, où la nostalgie prit le pas sur la piété et où l'Espérance suppléa à la Foi.

— Le conquérant anglais a réussi à nous faire communier, dit mon ami Paul dans son discours lors du déjeuner, ce qui provoqua des rires et des cris joyeux. Sans toi, jamais notre amie ne se serait retrouvée au pied de l'autel. Qui eût cru que toi, l'Anglais, tu nous obligerais à assumer nos racines catholiques? Qui eût cru que grâce à toi, nous avons ce matin justifié la devise du Québec : «Je me souviens»? Au nom de tous les invités, permets-moi de te remercier et sache que tu es désormais notre anglophone préféré.

Le discours de Paul, grand émotif et militant nationaliste, déclencha un tonnerre d'applaudissements. J'observais Philip. Il rayonnait et j'étais bouleversée encore une fois de constater qu'il vivait le moment comme allant de soi. Durant quelques instants, sa sérénité me renvoya à ma vie antérieure. À mes douleurs, mes déceptions, mes mariages rompus qui avaient pavé le chemin vers lui dont le parcours était si lisse. Ce fossé entre nous serait-il jamais comblé par la force de l'amour? Je croisai le regard de mon fils et j'eus

l'intuition qu'un doute traversait son esprit. Je
me levai et allai vers lui.

— Ça va ? dis-je.

— Oui, répondit-il.

— Tu sais que ta mère est heureuse, ajoutai-je.

Il demeura silencieux. Comment croire que les
enfants, quel que soit leur âge, s'adaptent facilement aux choix sentimentaux de leurs parents et
qu'au fond d'eux-mêmes, ils ont fait le deuil des
ruptures amoureuses qu'on leur a fait subir ?

Grâce aux deux cérémonies à quelques mois
d'intervalle, j'avais vécu dans un état de fièvre
permanente, hors du temps et de la réalité. Si
bien que je sentis comme une contrainte d'avoir
à reprendre la routine quotidienne sans laquelle
il me devenait impossible de travailler. Durant
ces semaines de vie commune avant que Philip
ne retourne à Dublin pour son dernier trimestre
d'enseignement, nous n'arrivions pas à nous
séparer. Il assistait aux enregistrements de mes
émissions, m'accompagnait dans mes déjeu-
ners professionnels et m'attendait dans les anti-
chambres des dentistes, des comptables, chez le
coiffeur ou la pédicure. Et partout, il séduisait.
Les hommes comme les femmes. J'étais la specta-
trice la plus admirative et la plus enthousiaste du
charme qu'il exerçait sur les autres. Ce constat me
faisait chavirer et m'interpellait. Par quels attraits
avais-je réussi l'exploit de le toucher de la sorte ?

Je recherchais la compagnie des autres, mais
dès que nous étions quelques heures en présence

d'amis, je me languissais de notre intimité. Au risque d'être impolie, je quittais les dîners aussitôt le café servi, même si Philip semblait vouloir s'attarder. Dans la voiture, il demandait :
— Tu es fatiguée ?
Je répondais :
— Non, mais tu me manquais.
Ses yeux s'embuaient, il hochait la tête et je l'entendais murmurer :
— Comment aurais-je pu imaginer une femme comme toi ?
Je répondais :
— Explique-moi, je ne comprends pas ce que tu veux dire, car ses paroles m'enivraient.
Et chaque fois, il s'exécutait. Il devenait grave, se concentrait comme pour cerner parfaitement les contours de ses sentiments. Philip était à la fois un amoureux passionné et studieux, obsédé de trouver le vocabulaire exact de l'élan de son cœur.
— J'étais le plus ignorant des spécialistes du bonheur.
— Tu es le plus doué des porteurs de bonheur, lui fis-je remarquer un après-midi où nous avions prolongé indûment notre cérémonial amoureux.
— Je ne sais plus quel homme j'étais avant que tu fasses irruption dans ma vic. J'ignorais cette facette de moi que ton regard me fait découvrir.

L'Anglais

La veille de son départ, je ne fermai pas l'œil de la nuit, mais, plutôt que de me lever, je restai à ses côtés dans l'obscurité à échafauder les scénarios les plus catastrophiques. Son avion allait s'abîmer en mer. À Dublin, un chauffard saoul le renverserait à bicyclette, son unique moyen de locomotion. Il tomberait malade ou deviendrait aveugle, voire amnésique ; bref, j'avais l'imagination aussi fertile qu'hystérique. Et contrairement au dicton, la nuit ne me portait pas conseil. Ses ombres amplifiaient mon anxiété, dramatisaient mes soucis, épuisaient ma vivacité d'esprit, si bien qu'au moment où l'aube filtra à travers les voilages, les embûches à notre vie commune m'apparurent insurmontables. Sur ces entrefaites, Philip ouvrit les yeux, me sourit et, devant ma mine abattue, son regard se troubla :

— Que se passe-t-il, ma petite femme chérie ?

— Ne pars pas, lui dis-je, j'ai trop peur de te perdre.

Il se mit à rire, voulut m'enlacer mais je le repoussai. J'allais susciter une crise, je le sentais et ne faisais pas d'effort pour me contrôler. Je me dédoublais. Une partie de moi s'enfonçait dans le drame. J'étais possédée par une force mise en veilleuse depuis notre rencontre. Je m'apprêtai à quitter la chambre pour m'enfermer dans la salle de bains sans répondre à ses interrogations. Il allait me supplier de m'expliquer, je resterais muette, puis j'éclaterais en sanglots. Pour la première fois, je jouerais avec lui une scène cent fois répétée dans ma vie, prélude à une crise d'où je sortirais défaite. Soudain, je me retournai vers lui. Le désarroi se lisait sur son visage. Il me scrutait dans l'incompréhension la plus totale.

— Il m'arrive de perdre pied, fut la seule phrase que je trouvai à dire.

— Je ne t'ai jamais vue comme ça, souffla-t-il, la voix tremblante.

J'eus très peur.

— Pardon, pardon. Ton départ me panique.

Il était secoué.

— Ça va, répéta-t-il plusieurs fois, mais j'avais dépassé les bornes et je compris que l'amour pour Philip n'était pas une mise en scène dont on modulait les règles au gré de ses humeurs.

La journée me parut interminable. J'étouffais de regrets et je craignais d'avoir ébranlé sa confiance en moi. Je préférais ne pas l'accompagner à l'aéroport où je m'effondrerais de nouveau. Pour mon propre équilibre, il me fallait dédramatiser ces moments insoutenables. Ma vie de voyageuse m'avait enseigné à m'éloigner des lieux de départ et d'arrivée, car les retrouvailles – et surtout les adieux – entre parfaits étrangers provoquaient chez moi des pleurs incontrôlables. Philip, lui, vivait l'éloignement comme le début de nos retrouvailles.

— Je ne rentre pas chez moi, dit-il. Ma vie est avec toi, ici. Et d'ailleurs, Dublin c'était avant tout Trinity College. J'ai quitté la maison à onze ans pour le petit séminaire. J'ai poursuivi ma jeunesse au grand séminaire, puis dans les universités. Depuis l'âge de onze ans, je n'ai plus jamais eu de véritable maison. Le foyer, tel que je le conçois, je le retrouve pour la première fois. Ici ou n'importe où dans le monde, mais avec toi.

Jamais je n'avais imaginé être aimée un jour avec autant de simplicité et d'assurance tranquille. Philip me déstabilisait constamment. Les expériences amoureuses m'avaient entraînée dans des voies sans issue, au bord de précipices, dans les limbes de l'ennui ou sur des sommets où je perdais le souffle. Philip, lui, m'aimait avec gravité, semblant ignorer les risques de l'amour. « L'amour n'est pas un paratonnerre », lui avais-je lancé un jour. « Que veux-tu dire exactement ? » avait-il demandé, perplexe. Je m'étais abstenue de répondre. À quoi m'aurait servi de le convaincre des dangers qui menacent l'amour, sinon à induire un doute sur mon propre sentiment à son endroit ? Il m'abordait comme l'écrivain s'installe devant la page blanche. Mes histoires passées lui apparaissaient sans lien avec notre histoire commune. Il se savait singulier, différent des autres hommes, sans chercher d'explication.

À 17 heures, on sonna à l'interphone. C'était le taxi. Philip me prit dans ses bras, m'embrassa sans fougue, comme s'il partait faire des courses. Je tentai de le retenir.

L'Anglais

— Ne joue pas avec mon cœur, dit-il. Il leva la main gauche et caressa son alliance.

— *I'll see you soon, Mrs Spencer.*

Philip ne me parlait anglais que dans les moments où l'émotion le submergeait.

12.

Je me jetai à corps perdu dans le travail salva-
teur. J'acceptais tout : conférences, cocktails de
lancement, soirées bénéfices... Je m'étourdissais
sans réussir à contrer l'ennui. Je me noyais dans
l'attendrissement en écoutant la musique popu-
laire des années nostalgiques. J'ai usé des CD
d'Elvis, des Beatles, de Barbra Streisand, de
Dalida, de Serge Lama. Je trouvais refuge dans la
musique baroque anglaise : Haendel, Purcell,
Thomas Tallis... Les chansons d'amour alimen-
taient mes séances de larmes quotidiennes et la
musique sacrée servait de fond musical à mes
méditations. Car je consacrais de plus en plus
d'heures à penser à *lui*, comme je le faisais à vingt
ans lorsque j'entrais dans les églises pour fuir
l'agitation de ma vie et dans l'espoir de trouver
l'accalmie.

À plusieurs reprises, je faillis partir pour l'aéroport afin de le rejoindre en Irlande. Mais je

m'abstins. Ces allers-retours surprise ajouteraient à nos frustrations et j'étais convaincue qu'il en serait plus troublé qu'heureux. Je ne laisserais pas mon impatience chronique gâcher ce bonheur dont j'avais fini par croire, avant notre rencontre, qu'il m'avait désertée.

D'expérience, je savais qu'être aimée n'était pas suffisant et qu'il fallait aménager le décor de cet amour. Dans nos conversations journalières, Philip ne cherchait jamais à exacerber l'absence, il refusait même que nos bavardages amoureux se transforment en joutes érotiques impossibles à assouvir. Un soir d'automne cependant, alors que le grésil immobilisait Montréal et qu'à Dublin le crachin sévissait depuis trois jours, plongés l'un et l'autre dans la mélancolie, je fis dévier la conversation. Au «M'aimes-tu?» habituel je poursuivis avec :

— Me désires-tu?

— Chérie, je t'en prie, pas ça.

J'insistai.

— Pourquoi refuses-tu les mots qui excitent?

Je me jouais de lui gentiment.

— Chérie, avant même de t'appeler, j'éprouvais un mouvement de la chair.

— Répète s'il te plaît.

— Non, non, je ne veux pas être perturbé en raccrochant le combiné.

Il riait tout en étant sérieux.

— Comment arrives-tu à te contrôler ? demandai-je.

Il éclata de rire.

— Sans toi auprès de moi, le sexe est triste. Je t'ai attendue si longtemps. Je sais vivre avec le désir inassouvi.

— Alors prends-moi dans tes bras, murmurai-je. Malgré la distance, je le sentis effleurer ma peau.

— Bonne nuit, ma petite femme, souffla-t-il.

Cette nuit-là, je m'endormis le sourire aux lèvres, en songeant à Philip qui se débattait avec son «*movement of the flesh*» dont je me savais l'unique responsable.

Je voyais peu mes amies et elles m'en faisaient reproche. D'abord, je me refusais aux confidences, sachant que ce que l'on avoue à l'une sous le sceau du secret sera diffusé aux autres voire à des inconnues, car l'amitié féminine se nourrit d'aveux précédés de la mise en garde «Promets-moi de ne le dire à personne». Hors de question que mon nouvel amour soit décortiqué par des femmes en quête d'histoires d'amour faute d'en vivre elles-mêmes. Toutes mes amies n'étaient pas de mauvaise foi, loin de là, mais il n'était pas question d'offrir à leur regard critique, et parfois caustique, un homme tel que Philip, que sa naïveté et sa pureté rendaient vulnérable face aux désabusées amoureuses ou aux envieuses, des femmes malheureuses, certes, mais que mon bonheur affiché heurtait. En prenant une distance momentanée avec les amies, je les épargnais, en quelque sorte.

Je craignais aussi, en parlant de Philip, d'être dépossédée du meilleur de moi-même, car je retrouvais grâce à lui l'émotion qui m'avait habitée avant même d'avoir aimé le premier garçon qui me fit perdre pied. En ce sens, Philip me ramenait à ma vérité, celle qui avait présidé aux élans mystiques de mon adolescence. Cette part de moi-même, je l'avais mise à l'abri du regard des hommes que j'avais infiniment aimés. Philip appartenait à mon intimité, et ce malgré nos deux mariages à saveur mondaine, malgré les articles sur notre union et la rumeur tapageuse qui se répandit à son propos durant quelques mois. La plupart de mes amies ne connaissaient de notre relation que sa face publique. L'âge nous enseigne que le bonheur dérange même ceux qui l'éprouvent. Ce qui était mon cas.

Je croyais que le mois de décembre ramènerait Philip à Montréal pour un an. Or, lors d'un de nos échanges téléphoniques, je découvris à ma stupéfaction qu'il s'agissait d'un congé sabbatique d'un trimestre.

— Je retourne à Dublin en avril, précisa Philip alors que j'échafaudais des projets de voyage dans l'Ouest américain pour cette période.

— De quoi parles-tu ? lançai-je presque en criant.

— Je t'ai prévenue, chérie.

— C'est faux, dis-je en éclatant en sanglots.

— *Oh no, please don't cry. We're not miserable.*

Il avait beau me supplier, me cajoler avec des mots, je hurlais.

— Ce n'est pas vrai. Tu n'as pas le droit de m'abandonner. Je suis ta femme.

Je ne me contrôlais plus et, sous le coup d'une colère subite, je lançai :

— Ce n'est pas une vie. Je n'en peux plus.

Et je lui raccrochai au nez.

Je me fis couler un bain, j'augmentai le volume de la télé pour ne pas entendre le téléphone et je restai hébétée. J'avais réussi à provoquer notre première scène de ménage. Honteuse, je demeurai immobile dans la baignoire jusqu'à ce que l'eau froide me force à m'en extraire.

Il était alors 3 heures du matin en Irlande, ce qui freina mon envie de rappeler. Je passai donc une nuit blanche à m'autoflageller. Non seulement j'étais odieuse, mais je n'étais pas digne de Philip. Les échecs amoureux successifs avaient donc eu raison de moi. Je ne savais que jouer le rôle de l'amoureuse en étant une actrice médiocre. Philip ne méritait pas la vie en dents de scie que je m'apprêtais à lui offrir. Je ne carburais qu'à la tension, ne recherchais que le drame, et les cris et les pleurs nourrissaient ma fébrilité hystérique. Bref, Philip avait découvert ma perfidie et allait retourner à ses livres anciens, source de son bien-être et de sa sérénité.

À 6 heures, je me levai et, au moment où je quittais l'appartement pour descendre chercher les journaux en bas de l'immeuble, la sonnerie du téléphone retentit. Mon cœur battit si fort que je crus défaillir. J'hésitai à décrocher le combiné jusqu'à la limite des quatre sonneries avant l'enclenchement de la boîte vocale. Je soulevai l'appareil mais restai muette.

— Ma petite chérie, murmura Philip.

— Ah! m'exclamai-je avant d'éclater en sanglots.

Il attendit que je reprenne contenance et il s'écoula de longues minutes car je n'y arrivais pas. Je pleurais sur mon sort, bien évidemment. Dans le passé, pour éviter de m'attendrir sur moi-même, j'avais toujours combattu la tristesse par l'action. J'avais trop crâné, trop relevé la tête après des chagrins d'amour alors qu'intérieurement j'étais effondrée. À l'autre bout du fil, Philip gardait le silence, mais je le sentais respirer. Pouvait-il saisir le sens véritable de mon abattement? Après plusieurs minutes, devant son infinie patience, je réussis à me calmer.

— Je ne comprends pas ta réaction, ma chérie, mais je sais que j'y suis étranger.

— Je peux tenter de te l'expliquer, dis-je sans conviction.

— Je n'y tiens pas. Seul notre avenir a de l'importance. Cependant, j'ajouterai une chose avant de clore le sujet. Je ne trouve aucun plaisir et aucune stimulation aux scènes de ménage. Et il enchaîna en m'annonçant qu'il quitterait Trinity College une semaine plus tôt que prévu, les examens oraux de la session ayant été annulés.

Il atterrit le 13 décembre, jour de son anniversaire. Je l'accueillis à l'aéroport, un bouquet à la main et, quand il m'aperçut, il leva les yeux au ciel et fit mine de se diriger dans la direction opposée, comme un gamin jouant à cache-cache. À son habitude, il m'embrassa pudiquement et une fois dans l'auto auprès de mon mari, je me sentis intimidée. Philip commentait son vol entre Dublin et Montréal où il avait eu pour compagnon un Irlandais de Galway qui s'exprimait en gaélique. La conversation avec ce dernier l'avait passionné et, comme à son habitude, il voulait partager son plaisir. Je l'écoutais sans l'entendre, n'ayant en tête que nos retrouvailles au fond du lit. Je regardais ses mains qui me caresseraient jusqu'à ce que je crie grâce, je pressentais son souffle dans mon cou qui se transformerait en brûlure incandescente et j'anticipais l'instant où il glisserait mon corps sous le sien, nous entraînant dans des abysses de plaisir d'où nous émergerions heureux et surpris à la fois. Philip, intarissable à mes côtés, ne semblait pas deviner mes pensées. Il poursuivait son monologue où il était question de la disparition de la culture celtique. Je hochais la tête, lançais des «Ah bon!», des «C'est vrai?» qui l'encourageaient à continuer. Au bout d'un moment, n'en pouvant plus, je retirai ma main du volant et la lui tendis. Il s'en empara et s'interrompit brusquement, presque haletant.

— Oui, chérie.

— Quoi? dis-je, feignant de comprendre.

— Tu le sais bien. Je parle pour meubler le temps.

Je me tournai vers lui.

— Regarde devant toi, c'est plus prudent.

Et il posa sur le volant ma main qu'il avait gardée entre les siennes.

J'avais décoré la maison de banderoles et dispersé ses cadeaux d'anniversaire à travers l'appartement. En entrant, il jeta un regard amusé autour de lui, mais m'indiqua la direction de notre chambre.

— Tu es mon cadeau, dit-il.

Philip se comportait avec une aisance qui continuait de me déconcerter. Rien ne lui semblait étranger. D'autant plus qu'il avait une connaissance de l'histoire du Québec que peu de Québécois possédaient, ce qui, paradoxalement, limitait le nombre de personnes susceptibles d'échanger avec lui à quelques professeurs rencontrés au hasard de nos sorties. Mais il ne se plaignait jamais des efforts d'adaptation auxquels il était soumis. Dans les dîners, lui, si disert, demeurait souvent silencieux. Comment aurait-il pu s'immiscer dans des conversations portant sur des célébrités locales dont il ignorait l'existence.

— Tu t'es ennuyé ce soir? lui demandais-je parfois au retour de ces soirées de placotage québécois.

— Non chérie, j'apprends plein de choses.

— Je suis sûre que tu ne comprends pas toutes nos conversations à cause de l'accent et du franglais.

Mes remarques l'agaçaient.

— Tu fais erreur. Parfois je décroche, c'est vrai, mais uniquement lorsque le commérage prend le dessus.

Philip s'irritait de l'étalage de vacheries qui s'abattaient sur les absents au cours de certains dîners très arrosés. C'était une façon de vivre qu'il ignorait, et j'étais quelque peu honteuse de lui imposer ces moments qui m'amusaient.

Je demeurais préoccupée. Notre vie quotidienne permettait à Philip de découvrir que je n'étais pas à la hauteur de l'image idéalisée dans laquelle il m'enfermait. Mon impatience, mes changements d'humeur, ma brusquerie et une tendance détestable à mettre en avant les failles de l'autre, lui révélaient des côtés de ma personnalité qui m'horripilaient moi-même. «Comment peux-tu me supporter?», disais-je quand il m'arrivait devant lui de fulminer contre quelqu'un ou lorsque dans l'emportement je répondais avec irritation à ses questions, oubliant sous le coup de la mauvaise humeur que c'était lui qui s'adressait à moi. «Je suis malheureux de te voir bouleversée. Je dois t'apprendre à ne pas te mettre dans tous ces états. Nous nous aimons, le reste n'a pas d'importance.» J'aurais bien voulu le croire et, même si dans ces moments-là je me réfugiais dans ses bras, je craignais de contaminer Philip en lui transmettant cette crispation dont je me serais volontiers départie.

Philip ignorait l'urgence. Il vivait en acceptant de perdre du temps. Il pouvait passer une heure à chercher dans le dictionnaire le sens exact d'un mot. Je mentionnais le nom d'une personnalité et, dans la minute suivante, il consultait Google pour connaître son profil. Le temps, à ses yeux, était incompressible, alors que je lui livrais un combat permanent. Je craignais qu'à la longue un décalage ne s'installe entre nous. Je lui fis part de cette inquiétude un jour après l'avoir attendu une heure devant le cinéma où nous devions nous retrouver.

— J'ai oublié l'heure car je lisais des articles te concernant que j'ai trouvés dans ton bureau, dit-il en guise d'excuse.

— Tu fouilles dans mon bureau maintenant, m'exclamai-je mi-amusée, mi-agacée.

— Je ne fouille pas comme tu dis. Je trouve, répondit-il tout sourire.

L'Anglais

C'est sans doute à compter de ce jour que je compris l'inutilité d'établir de fausses chasses gardées entre nous. Philip ne chercherait jamais à envahir ma vie. Il n'était pas un manipulateur. Il n'y avait rien de malveillant ou de malsain dans la curiosité passionnée qui l'animait. Il abordait ma vie comme il le faisait avec ses champs d'étude. Sans préjugés, guidé par la fascination et l'admiration. Sa quête de savoir s'expliquait par un désir d'agrandir son territoire amoureux.

— Je veux te connaître pour aimer ce que j'ignore encore de toi, me dit-il un jour que je tentais de le dissuader de lire des articles à mon sujet et de regarder des émissions que j'animais. L'image que je renvoyais ou qu'on se faisait de moi me dérangeait. Philip s'en étonnait, mais je refusais de lui en expliquer les raisons qui demeuraient confuses dans mon esprit. La notoriété est une arme à deux tranchants qui avait compliqué mes rapports avec les hommes dans le passé. Je ne souhaitais pas que Philip, à travers des archives, pénètre dans le monde d'apparences dont je m'accommodais de par la nature même de mon métier, mais avant tout parce qu'une part de moi s'y complaisait.

Je m'interdisais de penser à la nouvelle séparation qui s'annonçait. J'adorais notre routine amoureuse. En ouvrant les yeux le matin, c'est avec un pincement au cœur que je découvrais mon mari étendu à mes côtés. Je m'éveillais toujours avant lui, ce qui me permettait de l'observer. Je me surprenais de sa beauté, un mélange de virilité, de délicatesse et de juvénilité. Il dormait d'un sommeil paisible – les couvertures bien tendues sur son corps l'attestaient. J'attendais l'instant délicieux où il ouvrirait l'œil, se sachant observé. Son regard se posait sur moi, je fondais. Il roucoulait :

— Bonjour, ma petite femme chérie.

Puis il retirait ses bras de sous les couvertures et m'enlaçait. Je protestais toujours.

— Tu es tout en sueur, c'est trop chaud pour moi, et je m'enfuyais vers la salle de bains.

Je l'entendais se lamenter :

— Oh non, reviens, reviens, mais je savais déjà qu'il était debout en direction de la cuisine.

Il préparait le café tout en ouvrant l'ordinateur pour jeter un œil sur la presse irlandaise et anglaise et les résultats des matchs de foot, une passion dont je n'avais pas saisi l'ampleur avant de partager sa vie. Ce sport lui arrachait des cris de joie ou des jurons selon que son équipe, Everton, avait remporté une victoire ou subi une défaite. «*Oh yes*» ou «*Oh shit*», voilà comment débutait notre journée. Son excitation ou sa déception me réjouissaient car j'aimais ses émotions matinales qui, quel que soit le résultat, annonçaient la vigueur de l'émotion amoureuse qui s'ensuivrait.

L'Anglais

Philip ne cherchait nullement à se lier d'amitié avec quiconque en dehors de mon propre cercle.

— Les raisons pour lesquelles tu as choisi tes amis suffisent à mon désir de les fréquenter, disait-il.

— Mais tu ne vas pas vivre en osmose avec moi, répondais-je.

— Tu ne comprends pas. J'ai des amis avec lesquels j'ai gardé le contact toute ma vie. Je ne recherche pas d'amis nouveaux en dehors des tiens.

J'étais étonnée que Philip qualifie d'amis des personnes qu'il ne fréquentait jamais, avec lesquelles les rapports étaient distendus, des amis ayant croisé sa vie d'étudiant ou de professeur et qu'il avait perdus de vue. À l'occasion de notre mariage, des heures durant, il s'était appliqué à écrire aux uns et aux autres, décrivant dans les détails notre nouvelle vie commune.

— Comment peux-tu écrire à quelqu'un dont tu n'as plus de nouvelles depuis trente ans? lui avais-je fait remarquer.

— Je veux que ceux qui ont croisé ma vie sachent que je suis désormais un homme marié et non cet original, éternel célibataire, sans responsabilités familiales, qu'ils ont toujours connu. Et je suis si fier d'avoir séduit une femme telle que toi, ajouta-t-il, le visage rayonnant.

Qui donc devais-je remercier d'avoir mis sur ma route cet homme qui m'obligeait à croire aux miracles?

13.

Philip retourna encore à Dublin en mars et,
cette fois, il fut incapable de masquer sa tristesse.
Lui avais-je communiqué ma propre anxiété ? Car
il m'arrivait, dans les instants d'éblouissements à
ses côtés, d'évoquer le pire.

— Je ne veux pas que tu meures, lui disais-je.

— Nous allons vivre très longtemps puis nous
mourrons ensemble, répondait-il.

— Mais tu es plus jeune que moi, il ne faut pas
que tu disparaisses en même temps que moi.

— Ma vie d'homme a commencé avec toi, elle
finira avec toi.

Ce jeu de l'amour et de la mort me rassurait. Je
retirais de ces conversations au bord du précipice
un sentiment d'invulnérabilité attribuant à Philip
le pouvoir d'éloigner le danger. Et je revendiquais cet aveuglement amoureux qui annihilait
ma tendance à tout expliquer. J'aimais de façon
déraisonnable un homme dont le seul excès avait
été de tomber amoureux de moi.

— J'ai fait une démarche pour obtenir un congé de deux ans à salaire réduit, ce que prévoit mon contrat avec l'université, m'annonça-t-il un jour. Je me rends bien compte qu'on ne peut pas être séparés six mois par an. C'est invivable. Ma vie de célibataire n'a plus de sens. Chaque soir, vers minuit, quand je traverse la ville déserte à bicyclette pour regagner la maison, je souffre.

Depuis le début de notre rencontre, Philip avait su écarter tous les obstacles. Et contrairement à beaucoup d'hommes, il n'avait jamais hésité à se compromettre car il ignorait les angoisses et l'insécurité devant l'engagement amoureux. Quelques amies avaient eu des expériences déchirantes avec des soupirants, d'abord enflammés pour elles et qui, sans préavis, battaient en retraite sous prétexte de reprendre souffle. Ces dernières demeuraient estomaquées par le parcours amoureux de Philip, « Un parcours sans faute, à faire rêver toutes les femmes », assurait mon amie Michelle. « Tu mérites ce qui t'arrive », avait déclaré celle qui avait été témoin des ruptures amoureuses les plus dramatiques de ma vie. Or je ne croyais pas mériter mon homme-miracle, comme elle disait. Les douleurs ne pavent pas nécessairement la voie vers le bonheur. Je n'avais tout simplement pas reculé devant les risques de l'amour, ne cherchant pas d'abord à me protéger. Pourtant, il n'y avait rien de rassurant à tomber amoureuse d'un quinquagénaire n'ayant jamais vécu avec une femme et qui, lors de nos premières confidences, m'avait décrit le moment le plus triste de sa vie. C'était à Dublin, au début des années quatre-vingt. Un samedi matin, il s'était rendu chez les cisterciens qui avaient décidé de brader une partie de leur grande bibliothèque.

— À 10 heures pile, les portes se sont ouvertes. Nous étions une cinquantaine d'amateurs de livres anciens. Devant moi se trouvaient des milliers de livres, la plupart en latin. Ces ouvrages du XVIIe et XVIIIe siècles représentaient toute l'érudition théologique et philosophique de l'Église catholique. Des générations de moines avaient été formées grâce à ces trésors qui ne pouvaient plus servir qu'à quelques rares érudits. Ces livres avaient perdu leur utilité, leur raison d'être et ne valaient plus que le prix du cuir dans lequel ils étaient reliés. Tout ce savoir des siècles passés était destiné à embellir les bibliothèques de Dublinois friands de cette décoration, rappelant un passé devenu muet.

Durant le récit, des larmes, rares chez Philip je l'apprendrais par la suite, s'étaient mises à couler sur ses joues.

— Je suis ressorti du monastère atterré. D'une certaine manière, ma tristesse fut plus noire que lors du décès de mes parents, qui sont des moments dont on sait qu'ils surviendront et qui sont inéluctables.

J'avais reçu la confidence de Philip comme un indice de la confiance qu'il me témoignait. Ainsi donc, j'avais face à moi un être qui ignorait les traîtrises de l'amour, les arrachements passionnels, les malédictions du destin. La dilapidation du savoir humain à travers la braderie du monastère des cisterciens représentait à ses yeux un malheur tel qu'en narrant l'événement la tristesse avait refait surface. Et son émotion, à peine contenue, m'avait convaincue que cet homme, vierge de peines d'amour, saurait aimer avec une ferveur sacrée. Aucune rencontre, aucun roman, aucun ouvrage de psychologie ne m'avait enseigné qu'un tel homme pouvait exister. À vivre à ses côtés, j'allais à n'en point douter découvrir quelques aspérités, quelques failles impossibles à observer à l'œil nu, mais durant toute cette année où la terre s'était réduite aux lieux géographiques de nos rencontres et de nos séparations, je compris que cet homme, mon mari, était l'âme sœur de mes rêveries d'adolescente.

Rien ne résistait à Philip, qui pourtant ignorait la stratégie et la manipulation. Il obtint donc ce congé de Trinity College, et pour deux années. « Après, dit-il, on verra. » À ses yeux, la vie apparaissait une évidence alors que je persistais à croire que sans pugnacité, elle nous échappait.

Durant ces derniers mois où nous vivions des deux côtés de l'Atlantique, j'enchaînai les émissions, les conférences, les rencontres professionnelles, incapable de passer de longues heures seule dans l'appartement. Penser à Philip ne calmait plus le vide de son absence. Parler de lui à mes amies ne produisait guère d'effet apaisant sur mon moral. J'étais redevenue nerveuse, l'autodérision, si salutaire, m'avait quittée et, dans nos dîners entre filles, j'avais perdu le plaisir de jouer le boute-en-train. Je m'étiolais sans chercher à me faire plaindre, car aucune copine n'accepterait de s'apitoyer sur mon pauvre sort de femme mariée, adorée par son époux. Philip se sentait impuissant et confus lors de nos conversations téléphoniques quotidiennes alors que je n'avais de cesse de me lamenter. Qu'était-ce donc que cette mélancolie soudaine dans laquelle je coulais à pic ? Je traversais les nuits, appréhendant l'insomnie qui m'épuisait et que je meublais d'angoisse de mort. Je m'endormais à l'aube et j'émergeais une heure plus tard, exténuée avant même de plonger dans le travail où je m'engouffrais. C'était absurde, mais le bonheur me terrifiait. J'étais la tordue la moins à plaindre de la terre, l'initiatrice de mon propre malheur, je ne méritais pas Philip, il le découvrirait tôt ou tard, et me démasquerait. J'avais passé l'âge d'aller m'étendre sur le divan d'un psychanalyste, convaincue que les psys ne me seraient d'aucun secours. Le bonheur avait raison de l'équilibre que je m'étais construit à force de volonté et j'allais inévitablement imploser.

L'Anglais

De toute ma vie, je ne m'étais sentie aussi mal. Ce fut encore une fois mon amie Michelle qui, devinant mon accablement, décida d'agir. À mon insu, elle en informa Philip. Une fin d'après-midi, un samedi où malgré le beau temps j'étais demeurée cloîtrée à la maison, on sonna à la porte. Croyant que mon fils venait à son habitude déposer son linge à laver – je demeurais malgré tout une mère traditionnelle –, j'ouvris machinalement. Philip, sourire inquiet, plus beau que dans mes rêves, se tenait devant moi, appuyé à l'encadrement de la porte :

— Tu as grand besoin de ton mari, ma petite chérie.

Il repartit après soixante-douze heures pendant lesquelles nous sommes restés enfermés. Je m'étais décommandée d'un débat public, j'avais reporté un enregistrement télé, choses impensables auparavant. J'avais aussi débranché le portable mais laissé sonner la ligne fixe. À quelques reprises au cours de ces trois journées hors du temps, je m'étais assurée qu'aucun appel ne provenait de mon fils. Pour rien au monde, le lien entre nous ne devait être coupé. Ma quiétude en dépendait. La décision de déménager définitivement à Montréal fut prise par Philip durant ce court séjour. Pour cela nous avons dû parler argent pour la première fois, un sujet redoutable pour les couples. Aucun écueil ne surgit, malgré les écarts de revenus entre nous. La vie passée de Philip avait été spartiate. Consommant peu en dehors de sa passion pour les livres dont il était à l'affût, il avait engrangé des économies pour sa future épouse. Quelques mois avant notre mariage, il avait insisté pour verser sur mon compte bancaire une somme rondelette, fruit de revenus supplémentaires touchés à titre de conférencier ou de commentateur à la télé irlandaise. J'avais d'abord écarté sa proposition, mes revenus étant supérieurs à ceux d'un professeur d'université. Mais devant sa réaction où se mêlaient la surprise et le désappointement, j'avais consenti au virement. Cette générosité touchante était indissociable de la conception qu'il se faisait de son rôle de mari. À la fois pourvoyeur et protecteur. J'appréciais ce comportement inhabituel, presque suranné dans le milieu où j'évoluais, mais pour rien au monde je n'allais jouer à l'affranchie au nom d'une indépendance plus idéologique que réelle. Car contrairement à mes amies françaises, les Québécoises affichent leur réussite financière et dans leurs relations aux hommes elles ne se privent pas de la brandir dans un rapport de force. «Je n'ai pas besoin de toi pour me faire vivre» est une phrase que les femmes lancent en guise de menace ou pour définir les limites de leurs concessions amoureuses. Philip ignorait ces trivialités si éloignées de sa nature et ses sentiments.

Il aimait m'offrir des bijoux, mais paniquait littéralement à l'idée de devoir les choisir seul. Il exigeait donc ma présence à ses côtés. Bien sûr, nous ressortions des boutiques avec la bague, les boucles d'oreilles ou la montre dont je rêvais. Philip, tout heureux, demandait :

— Ça te plaît, n'est-ce pas?

— Tu devines bien mes goûts, répondais-je, convaincue du petit jeu où chacun assume ses limites.

Philip était incapable de choisir, peu sûr de son goût, et porter un bijou que je n'aimais pas me déplairait royalement. Pour ma part, je freinais mes fringales d'achat afin de ne pas l'étouffer sous les cadeaux, en particulier les chemises, les chandails en cachemire, les vestes et les pantalons italiens. Tout lui allait comme un gant et il se surprenait à aimer ces vêtements plus colorés qui mettaient davantage en valeur son chic et son élégance naturelle. Le jour où il accepta de porter une chemise rose, il m'assura qu'il devait en inscrire la date dans son agenda.

— Je suis très surpris de constater qu'une part de moi aime beaucoup cette audace vestimentaire. Je l'ignorais d'autant plus que jamais je ne me serais affiché ainsi devant les collègues et les étudiants. C'eût été trop excentrique.

— Et maintenant? lui dis-je.

— L'amour me rend excentrique.

Quand il me parlait de la sorte, j'en redemandais. Philip, alors, m'indiquait du regard notre chambre.

— *After you, Mrs Spencer.*

Et j'obéissais sans mot dire.

Dans l'appartement, en prévision de son arrivée définitive, je fis construire des rayonnages supplémentaires pour recevoir sa collection de livres, son unique possession matérielle, un trésor inestimable dont il parlait parfois aux rares personnes qui s'y intéressaient. Je fis le grand ménage de mes placards avec l'aide de copines trop heureuses de repartir chez elles les bras chargés de vêtements dont je me débarrassais. À nouvelle vie, nouvelle garde-robe. J'en avais marre des robes et des pantalons noirs qui donnent aux autres l'impression qu'on est toujours vêtu de la même façon. Mon bonheur ne se refléterait pas uniquement dans ma figure : il colorerait mes vêtements. Je fis démolir une cloison pour agrandir le placard, sachant que j'aurais, à terme, besoin d'un immense espace pour les vêtements futurs de Philip que j'allais lui offrir graduellement. Je suis en effet de ces nombreuses femmes pour qui transformer la garde-robe du chéri fait partie du plaisir d'aimer.

Les appréhensions passées, les angoisses de notre séparation s'évanouirent à la suite de la décision de Philip de quitter Dublin définitivement. Paradoxalement, j'accusais mon âge. Je n'avais plus de temps à perdre. La langueur d'aimer appartenait à la jeunesse. La cinquantaine allait filer, et avec elle le peu d'illusions qu'il me restait. J'entrais dans l'ère du décompte avec la conscience aiguë que chaque seconde avec Philip m'était précieuse. Et je partagerais avec lui le confort que je pouvais m'offrir depuis quelques années. Nous allions voyager, acheter à Paris un appartement plus grand et, pour qu'il prenne racine chez nous, je décidai de lui offrir la cabane au Canada dont rêvent les Européens.

L'après-midi où il débarqua à Montréal en tant que futur résident, j'étais à ses côtés. Je m'étais rendue à Dublin, officiellement pour l'aider à vider son bureau. J'avais été atterrée la première fois que j'y avais mis les pieds. Philip avait réussi à encombrer la pièce de milliers de livres, de dossiers, de journaux jaunis et de bibelots, souvenirs de ses nombreux voyages. C'était un capharnaüm indescriptible et il s'était beaucoup amusé lorsque je lui avais avoué qu'il m'aurait été impossible de tomber amoureuse de lui si j'avais eu le malheur de pénétrer dans cet antre avant notre rencontre à Belfast. En me rendant à Dublin, je souhaitais l'empêcher de transporter son bric-à-brac à Montréal. Durant deux jours, je l'aidai à jeter les inutilités accumulées, négociant chaque objet avec lui. Des cartes routières périmées, des tickets de métro, d'entrée dans des musées, des photos de gens dont il ne se souvenait plus, des tonnes

de vieux journaux et de magazines, des kilos de
papiers griffonnés, des menus de restaurant datant
de vingt ans, des copies d'examens d'étudiants
depuis son arrivée à Trinity College... Après avoir
rempli une quinzaine de bacs verts, la pièce
débordait encore du sol au plafond de ce que
Philip considérait comme des archives impor-
tantes.

— C'est une grande preuve d'amour que d'accepter de me débarrasser de ces choses, m'avoua-
t-il. C'est ma vie d'avant toi qui est contenue
entre ces quatre murs.

L'incapacité maladive de Philip à faire le tri
des choses dénotait un manque. Il gardait la
moindre babiole, le plus insignifiant bout de
papier parce que, de toute sa vie, il n'avait rien
reçu d'autrui. Cet amoncellement compensait les
cadeaux qu'on ne lui avait jamais offerts. J'allais
pouvoir suppléer à cette carence avec d'autant
plus d'enthousiasme que j'adorais donner. J'y
retirais un plaisir plus vif que celui de recevoir.

Je désirais également rentrer à Montréal avec
lui, car il devait dès l'aéroport faire une démarche
au bureau d'immigration, et l'idée qu'il se sente
soudain un immigrant me dérangeait. Philip
n'était pas un demandeur d'asile ou un sans-
papiers, il ne quittait pas son pays, il atterrissait
dans notre amour.

14.

Durant la première année de notre vie commune, la réalité quotidienne passa au second
plan. Je travaillais dans l'enthousiasme, nous
avions une vie sociale active, j'organisais des
dîners joyeux où l'on se bousculait pour faire la
connaissance de mon Anglais d'exception, mais
nous flottions au-dessus de la mêlée, enfermés
dans notre bulle. Nous allions vers les autres, tout
en demeurant soudés l'un à l'autre. Pour Philip,
cet état apparaissait normal, même s'il m'arrivait
de le mettre en garde. «La vie amoureuse est
menacée par la routine. Tu verras», lui disais-je.
Mais j'étais en train de croire moi-même au
miracle. Le désir fusionnel nous aspirait littéralement, à la manière des grands mystiques de ma
jeunesse enfiévrée, Thérèse d'Avila et saint Jean
de la Croix. J'arrivais à remercier Dieu lui-même,
même si je ne croyais plus en Lui.

L'Anglais

C'est peu dire que Philip ne se souciait pas de son statut au Canada. Les deux années sabbatiques qu'il entamait lui permettaient de vivre dans le pays sans visa. Il se comportait comme si le fait d'être mon mari lui décernait un certificat officiel de résident. N'était-il pas britannique, Elizabeth II, reine du Canada, ne trônait-elle pas en quelque sorte sur notre dollar et le pays n'avait-il pas été colonie anglaise ? Cette perception était tempérée par son attachement au français qui l'avait conduit à s'intéresser à la littérature québécoise et mené à moi. Son cœur battait pour le Québec, ajoutant à l'attraction qu'il exerçait sur mes compatriotes. Quelques nationalistes exacerbés tentaient bien parfois de le traiter de conquérant mais ils en prenaient pour leur rhume lorsque Philip, dont la culture historique québécoise dépassait largement la leur, les confondait en ajoutant des arguments à leurs griefs contre les «maudits Anglais». J'adorais être témoin de ces incidents mais je me rendais compte aussi qu'à sa façon de discuter, Philip agressait ses interlocuteurs. Il se croyait en France où le débat d'idées n'effarouche personne et ne semblait pas saisir la susceptibilité des uns et des autres. «Tu es perçu comme snob et arrogant», lui répétais-je en vain car il refusait de comprendre que le Québec n'était pas la France.

— Tu es un immigrant, lui dis-je en rentrant d'un dîner où il avait, à son insu, humilié un ami aux arguments échevelés.

Il me regarda, saisi par cette vérité.

— Tu as raison, répondit-il, c'est la première fois de ma vie que je sens ce type de décalage. Avec toi rien ne m'est étranger puisque nos passés se ressemblent.

Or, entre son enfance de petit Anglais catholique, élevé dans une famille ouvrière fière de ses origines par des parents unis, et mon enfance difficile dans une famille atypique avec un père tonitruant, révolté, enragé, anticlérical et une mère soumise et rêvant d'échapper à ce milieu social inférieur, une famille qu'on qualifierait aujourd'hui de dysfonctionnelle, il y avait un fossé non pas profond mais abyssal. J'avais aussi baigné dans la violence verbale et émotionnelle alors que sa propre enfance avait été modelée par la retenue, la discrétion et le conformisme social.

J'avais décelé chez Philip un côté bagarreur et vindicatif qui me rassurait pour l'avenir, et que je ne tardai pas à faire ressortir afin de chasser de moi la vieille crainte de la tranquillité amoureuse dans laquelle je percevais que mon mari s'installait. J'ai oublié le prétexte de notre première véritable engueulade, survenue à mon initiative bien évidemment. Mais je me souviens du feu dans son regard bleu qui vira au noir. Je me rappelle son étonnement, d'abord muet, devant mes cris et mes pleurs. Et je n'oublierai jamais la panique qui s'empara de moi lorsque je me rendis compte que ce qui n'était, à mon sens, qu'un jeu bête et

méchant prenait pour lui l'allure d'un drame.
Cette première crise fut de courte durée car je ne
pus tolérer l'accablement dans lequel je l'avais
plongé.

— Le bonheur que tu m'apportes me dépayse
trop, fut la seule stupidité que je trouvai à lui dire
en guise d'excuse.

— Ça va aller, me dit-il, faisant un effort pour
se ressaisir.

Mais je voyais bien qu'il était secoué. Je me sentais coupable tout en étant incapable de me
convaincre que je n'allais pas récidiver. J'en voulais à Philip de m'aimer de la sorte. Je lui en voulais de me noyer dans un bonheur si enveloppant
où je trouverais intolérable d'accepter qu'il perde
de son intensité. Je luttais contre une telle dépendance amoureuse, comme un drogué face à sa
substance illicite.

— Je suis désolée de m'être trouvée sur ta
route. Tu méritais une femme moins tordue que
moi, lui lançai-je en désespoir de cause.

J'ai encore inscrite dans ma peau la brusquerie
avec laquelle il m'enlaça alors. Et j'entends le
murmure de sa voix brisée dans mes oreilles :

— Tais-toi, je t'interdis de parler de la sorte.

Je m'étais jouée de lui et en eus honte sur le
coup. Mais sa violence enfouie, à l'évidence jamais
exprimée, que ma conduite avait révélée me rassurait en quelque sorte. Le fait que Philip puisse
éventuellement sortir de ses gonds me le rendait
plus familier et plus prévisible. Je l'avais poussé

dans ses retranchements et je pouvais l'aimer avec moins de gravité. Il demeurait unique à mes yeux, mais sa colère sourde me rassurait.

Je dus cependant tenir compte de son bouleversement intérieur alors que personnellement j'avais déjà chassé de mon esprit la scène que j'avais provoquée. Bien entendu, c'est au lit que la réconciliation s'acheva. Attentive à ses moindres désirs, je me laissai couler vers lui sans chercher à y trouver mon plaisir, manière de me punir de l'avoir blessé.

Mes amies me faisaient reproche de les délaisser. «Tu n'as pas besoin de nous. On se sent exclues. J'en ai parlé avec Louise et Ève. Bientôt, tu ne nous reconnaîtras plus», me lança Micheline à qui je téléphonais après plusieurs semaines de silence. «Cet amour-là te purge de ta folie», prétendit Monique qui ne s'embarrassait jamais de formules diplomatiques. Je constatais moi-même que je n'avais plus envie de faire rire les autres. On rit pour se protéger, se distraire et combattre l'angoisse. L'amour de Philip comblait ces besoins. De plus, j'avais remarqué un malaise chez lui lorsque, stimulée par mes copines, mon meilleur public, je faisais dérailler les conversations sérieuses avec des blagues à caractère sexuel ou des commentaires débiles.

— Comment reconnaît-on une féministe radicale? lançai-je un soir où j'en avais marre de la discussion sur le bien-fondé de la guerre en Irak. Cette féministe croit que cunnilingus est la compagnie d'aviation irlandaise, dis-je, fière de mon effet.

Toute la tablée s'esclaffa, bien sûr, sauf Philip qui encaissa le coup sans même une esquisse de sourire. Ce fut pour moi le déclic. Dans la voiture, en rentrant à la maison, je restai silencieuse. Philip mit plusieurs minutes avant de s'apercevoir que mon silence en était un de bouderie.

— Ça ne va pas, chérie ? demanda-t-il enfin.

— Non. Je n'accepte pas que tu me censures. Sache que ta réaction ne m'a pas échappé lorsque j'ai raconté mes blagues ce soir.

— Ça n'était pas drôle. J'ai trouvé déplacé ton comportement. Je n'aime pas voir ma femme tenir des propos *shocking*.

— Tu n'as aucun sens de l'humour, rétorquai-je.

— Au contraire, mais nous ne pratiquons pas le même humour. Tes écarts de langage me déplaisent.

— Eh bien, sois déplu, répondis-je en redevenant muette.

— Ça ne se dit pas en français, répliqua-t-il, trop heureux de me faire la leçon.

— Si tu veux que j'te parle en québécois, tu comprendras rien.

— Je comprends tout, répliqua-t-il comme si je l'avais insulté.

— Tu te penses parfait. T'as jamais tort, évidemment.

Il sourit et j'aurais juré qu'il était satisfait de lui. Il enchaîna comme si rien ne s'était passé, me décrivant de long en large le dernier scandale politique en Irlande qu'il avait lu dans l'*Irish Independant* ce matin-là. Il poursuivit avec un fait divers sordide impliquant un enseignant adepte de Dracula qui avait saigné à blanc une prostituée dans une petite ville ouvrière du sud de l'Angleterre. Je l'écoutais avec fascination, non pas pour ce qu'il racontait, mais pour l'excitation et la précision qu'il mettait à décrire ces événements. Il dévorait les journaux quotidiens anglais, irlandais, français et, depuis peu, québécois, qui, jusqu'à notre rencontre, nourrissaient sa vie par ailleurs lisse et studieuse. Les acteurs de l'actualité politique, culturelle ou judiciaire constituaient en quelque sorte le réseau social qui meublait sa vie quotidienne. Grâce aux journaux, Londres, où il n'avait jamais vécu, Liverpool, son lieu de naissance, Dublin, son choix professionnel, Paris, son lieu de prédilection, représentaient sa géographie personnelle. J'avais acheté dans l'excitation un camp de pêche déniché au fond des bois, à cinq heures de Montréal. Un grand chalet en bois rond, déposé au bord d'un lac sombre et poissonneux, entouré de montagnes recouvertes d'arbres à feuilles caduques, de sapins et d'épinettes en touffes. Un paysage puissant, austère, d'une beauté inquiétante, recouverte d'un silence rompu par les seuls animaux. Ce camp, mon rêve d'enfant et ma passion de pêcheuse, je voulais les partager avec Philip, croyant qu'ils l'emballeraient. Hélas, malgré toute sa bonne volonté, je perçus sa réticence dès notre premier séjour là-bas.

— C'est formidable, non ? répétais-je comme un leitmotiv. C'est le bonheur absolu, tu ne trouves pas ?

Il répondait :

— Oui, ma chérie. J'aime te voir si enthousiaste. Tu es belle dans ton emballement.

Il me prenait dans ses bras et nous nous retrouvions au lit, entourés de bêtes empaillées, une tête de chevreuil, un castor, un loup-cervier, un raton-laveur, qui assistaient, muets, à nos ébats alors que nos chuchotements s'ajoutaient aux cris perçants des huards.

— Que préfères-tu ici ? lui demandais-je constamment pour ajouter à mon bonheur d'y être.

— Le lit, répliquait-il en rougissant légèrement.

Pour Philip, la cabane au Canada, coupée du monde, représentait un dépaysement trop brutal. Sans télévision, sans journaux, il se sentait hors du temps. Seul l'amour l'empêchait de protester.

Il lisait des heures entières, installé dans une chaise longue sur le ponton. Il jetait parfois un regard aux castors qui traversaient le lac, aux loutres qui l'observaient avec une méfiance égale à la sienne et aux poissons qui, à heure fixe, sautaient au-dessus de l'eau. Lorsque mon voisin, vivant à dix kilomètres de notre camp, qui était aussi mon fidèle et merveilleux compagnon de pêche, avait un empêchement et me faisait faux bond, Philip, avec mauvaise grâce, consentait à m'accompagner. Mais il dirigeait le bateau tout en lisant.

— Attention, on fonce dans le rocher, criais-je à tout moment.

— Je sais manœuvrer, répliquait-il, agacé.

— Tu dérives, les poissons se tiennent à cinq mètres du bord, je les vois sur mon sonar.

Il relevait la tête, insensible à ma déception car je n'arrivais plus à lancer mon rapala dans le trou où je savais que les dorés se cachaient.

Je crois bien qu'il évitait que j'en prenne trop car il en était gavé. Les prises permises étant de six poissons à la fois, il nous fallait en manger tous les jours pour que je puisse retourner pêcher le lendemain sans enfreindre le règlement. «J'ai une connaissance intime du doré», déclara-t-il à des amis de passage, aussi emballés que je l'étais de ma pêche miraculeuse permanente. Philip avait pourtant sorti de l'eau quelques beaux spécimens de plus d'un kilo mais son manque d'enthousiasme devant le poisson gigotant m'avait extrêmement déçue. De plus, il avait peur de toucher ses gluantes captures. Une seule fois, je réussis à le convaincre de tenir dans ses mains un spécimen de deux kilos, le forçant à introduire son pouce et son index dans les ouïes de son trophée afin d'immortaliser l'instant. J'ai encadré la photo où Philip apparaît, l'air totalement dégoûté et apeuré, portant à bout de bras le gros doré agité. Son exploit, vécu comme une épreuve alors que pour tout pêcheur digne de ce nom il s'agit d'un moment de bonheur extatique, m'indiqua que les plaisirs du camp rebutaient mon époux. Il aimait tout de moi, répétait-il. Or, la sauvagerie de la forêt boréale, le lac très isolé, la menace des ours, les attaques des mouches noires et des maringouins, les cris inquiétants des huards et mes conversations intarissables avec les pêcheurs et les chasseurs de la région, eurent raison de lui. Par amour, il persista. Chaque été, nous avons passé de longues semaines cachés dans notre retraite, jusqu'au moment où une épidémie d'ours s'abattit sur la région. Cet été-là, les rôdeurs eurent raison de son amour. Cloîtré dans le chalet, mon époux se lassa même de lire. Quand une mère ourse se présenta avec ses deux petits à dix mètres de la terrasse et qu'il fallut l'abattre avant qu'elle nous attaque, je m'inclinai. La patience de Philip avait atteint ses limites. Nous sommes rentrés à Montréal en catastrophe. Mon mari ne serait jamais un homme des bois. Désormais, je retournerais au camp sans lui, avec mon fils et des amis plus rustiques.

15.

L'acquisition à Paris, après notre mariage, d'un appartement plus spacieux où nous avions l'intention de passer quelques mois par an comblait Philip. Grâce à ce pied-à-terre, je pouvais facilement retourner avec lui en Irlande, visiter l'Angleterre, faire un pèlerinage à Liverpool ; mais à chaque projet de week-end, il suggérait plutôt Barcelone, Venise, Lisbonne, Berlin et, bien sûr, n'importe quelle ville de France. Je trouvais étrange la résistance qu'il opposait à voyager dans son pays d'origine et en Irlande où il avait passé vingt-cinq ans de sa vie d'adulte. D'autant plus qu'il ne cessait de répéter «Je suis anglais» devant tous ceux qui, confondus par la qualité de son français, cherchaient à connaître sa nationalité.

— Comment peux-tu être si fier d'être anglais et ne jamais vouloir m'amener dans ton pays ? lui demandai-je à brûle-pourpoint, un soir où nous rêvassions entourés de cartes routières.

— Je veux demeurer dans l'exotisme, et l'Angleterre me ramène à mon enfance. Même si nous étions pauvres, je ne m'en rendais pas compte car autour de moi tout le monde l'était. Mais je m'ennuyais terriblement à la maison. L'excitation m'est venue avec l'étude du français. À onze ans, soudain, grâce à la langue française que j'adorais apprendre, je me suis senti vivre. Le monde s'est ouvert à moi. J'apprenais des mots qui me rendaient heureux. Cette effervescence m'a guéri de mon ennui.

Philip était avare de ce genre de confidences. Lui, l'historien, n'avait de passion que pour l'histoire des autres et c'est avec parcimonie qu'il livrait ses bribes de souvenirs personnels. Je n'osai pas pousser plus avant car j'ignorais les raisons de sa réticence. Cachait-il des secrets inavouables ?

— Pourquoi n'aimes-tu pas parler de ton enfance ? lui demandais-je parfois.

La réponse était toujours la même :

— Parce que je n'ai pas de souvenirs.

— C'est impossible, répondais-je sans insister car je me rendais bien compte qu'il s'irritait de ma curiosité. Un jour cependant, il me posa une question dont le sens m'échappa.

— Combien de temps dure l'enfance ?

Décontenancée, je lui dis :

— Pourquoi me demandes-tu cela ?

— Je me suis souvenu hier de ma première journée de classe. Ma mère m'a accompagné le matin, mais l'après-midi, j'ai exigé d'y aller tout seul. J'étais tombé amoureux de ma maîtresse.

Jamais je n'avais vu une femme plus jolie. Ma mère m'a raconté plus tard que je rentrais le soir et n'avais de cesse de décrire la robe de la maîtresse, la façon dont elle marchait, la douceur de sa voix et son sourire lorsque je levais la main car, apparemment, je connaissais toutes les réponses à ses questions. Personnellement, je n'ai gardé en mémoire que sa beauté, j'ai oublié le reste.

Philip n'arrivait pas à comprendre tous ces gens qui consultaient des psys et qui, sans pudeur à ses yeux, se répandaient en confidences qu'il jugeait déplacées, mais auxquelles il finit par s'habituer car, dans mon milieu, l'introspection publique allait de soi.

Cette réserve chez mon mari me le rendait plus attirant encore et sa résistance, ou plus exactement sa réticence à se confier, m'attachait davantage à lui. J'aimais qu'il m'échappe. J'aimais son mystère. Et je m'obligeais moi-même à retenir des aveux sur ma vie antérieure dont je doutais qu'ils apportent un éclairage indispensable à notre amour. J'avais atteint l'âge où les épanchements du cœur doivent se vivre au présent. Finies les comparaisons avec les amours d'antan. Interdites les remarques du genre : «Je n'ai jamais dit cela à un autre homme»; «Personne ne m'a fait jouir comme toi»; «J'ai déjà été infidèle, mais avec toi, ce serait impossible.» En ce sens, avec Philip, j'avais appris à «balayer mes amours», comme le chante Édith Piaf. Non seulement je ne regrettais rien, mais je découvrais que les grandes déchirures de ma propre vie étaient non pas cicatrisées, mais désormais tapies au plus profond de ma conscience engourdie par la joie que me procurait cet homme surgi dans mon histoire personnelle.

J'avais toujours été avide de connaître de nouveaux endroits, des gens différents et, avec Philip, ce besoin s'avivait. Je recherchais le regard des autres sur lui, sur notre couple, je ne me lassais pas de redécouvrir, chaque fois que nous rencontrions des étrangers, la séduction qu'il exerçait sur eux. J'aimais l'admirer à travers les yeux des autres, manière pour moi d'éviter la routine qui s'installe inévitablement dans un couple. Je crois bien que nos déplacements fréquents entre Montréal, Paris et les pays que nous visitions sur tous les continents participaient à chasser cette peur de m'habituer à lui. Pourtant, je ne cessais de crier son nom dès qu'il disparaissait de mon champ de vision. Je lançais des «Philip» à tort et à raison sans doute pour masquer mon inquiétude de le perdre. Avec ces «Philip» par-ci, «Philip» par-là, je réussissais à l'exaspérer.

— Chérie, je t'en prie, arrête de me harceler de la sorte, disait-il sans agressivité.

Il m'arrivait alors d'éclater en sanglots et je courais me réfugier dans la chambre, incapable de supporter le moindre de ses reproches. Ou alors, je me mettais en colère et l'injuriais.

— Tu ne m'écoutes jamais, tu es toujours enfermé dans ton monde, ta distraction me blesse.

Son visage s'assombrissait, il me regardait déconfit et s'empressait de retourner devant l'ordinateur, seule porte ouverte sur une vie sans moi. Durant des heures, il recherchait sur Google d'anciens collègues à qui il écrivait de longs courriels dans lesquels il racontait sa nouvelle vie sur un mode chronologique. Il n'y mettait aucune émotion personnelle. Pas de «je suis heureux», pas de «je suis amoureux», mais j'étais au cœur de tous ses récits, comme si sa propre vie s'était fondue dans la mienne. Je ne commettais pas d'indiscrétion; ses textes inachevés je les découvrais quand à mon tour j'utilisais l'ordinateur. «Tu peux lire», disait-il. Je m'en abstenais la plupart du temps, préférant ignorer cette part de lui-même qui me déifiait. À vrai dire, j'éprouvais un malaise devant ce trop-plein d'admiration qui me donnait le sentiment d'être un imposteur. Je ne me reconnaissais pas dans la femme qu'il décrivait à tous ces gens qui avaient été les témoins ou les acteurs de son enfance et de sa vie d'adulte et qu'il appelait ses amis. Mon amour pour Philip se nourrissait de l'admiration que je lui portais et je craignais que trop d'admiration de sa part pour moi ne le rende dépendant. Je l'aimais portée par l'idée que je pouvais le perdre et cela enflammait mon sentiment envers lui.

L'Anglais

Les déceptions, les soucis et même un revers professionnel que je connus alors, et qui m'aurait perturbée et attristée fortement en d'autres circonstances, ne m'atteignaient pas. Sa présence à mes côtés me tenait lieu de paratonnerre contre les aléas quotidiens. Seules mes préoccupations maternelles échappaient à son influence. Cette part de moi, je ne tardai pas à constater qu'il la vivait avec difficulté. Avec souffrance même. Il se révélait possessif, démuni face à mon fils pour lequel il découvrait que j'éprouvais un amour aussi inconditionnel que passionnel. Je me rendais compte que les deux hommes de ma vie vivaient orphelins d'une part de mon cœur et que Philip subissait cette réalité plus durement que mon fils déjà aguerri, car plongé dès sa petite enfance dans les tourments amoureux de ma vie. Ce dernier réussissait par son attitude, à la fois polie mais distanciée, à démontrer à Philip qu'il était exclu de notre relation. «J'étais là avant vous et j'y serai après vous», semblait-il exprimer par la façon à la fois cavalière, impertinente et familière avec laquelle il s'adressait à moi devant ce nouveau beau-père. Quant à Philip, il demeurait muet devant les éloges que mes amis exprimaient souvent à l'endroit des réussites artistiques de mon fils. Je subissais ces hostilités avec déchirement et il m'apparaissait évident que Philip ignorait le danger de mettre la mère que j'étais en situation d'avoir à choisir entre mon fils et lui. Durant quelques années, il me faudra assister avec tristesse, affliction et parfois découragement à ce combat de ces deux hommes sans lesquels ma vie s'assombrirait à tout jamais. Sans doute ont-ils compris que leur possessivité respective me tuerait à petit feu. Mais je dus m'avouer à moi-même que mon attitude n'était pas totalement étrangère à leur affrontement et que je n'avais pas su apaiser leur crainte inavouable et infantile de me perdre.

Il nous arrivait fréquemment d'entendre des gens que nous croisions affirmer que nous nous ressemblions physiquement.

— Tu y crois ? demandai-je un jour à Philip.

— Je ne sais pas, répondit-il.

— Alors pourquoi le disent-ils ?

Il haussa les épaules l'air embêté, faute d'une explication.

— Peut-être parce qu'on choisit souvent de s'habiller dans les mêmes couleurs.

L'incapacité de Philip à répondre en dehors du champ concret me renversait. Le sens caché des mots, l'expression du subconscient, le non-dit, la symbolique des discours, semblaient le déstabiliser. Il peinait à admettre la force de l'irrationnel, de l'arbitraire, de l'émotionnel, alors que sous son allure respectueuse des codes et des rites se cachait un être vivant dans un désordre où lui-même ne se retrouvait pas. Il était constamment à la recherche de ses clés, de ses cartes de crédit, de papiers officiels importants. Je trouvais dans un tiroir de la cuisine une lettre de sa sœur, une

enveloppe avec un timbre non oblitéré, des bouts
de papier griffonnés de numéros de téléphone
non identifiés et qu'il était incapable d'attribuer
aux personnes qui les possédaient. Il préférait
croire que la ressemblance qu'on nous attribuait,
et qui découlait sans doute d'un mimétisme tissé
par la fusion amoureuse, reposait sur le fait de
coordonner sa chemise rose à mes lunettes et à
mon sac à main. À vivre à ses côtés, j'observais la
force de la mémoire sélective et le refus aveugle
de toute interrogation et tout problème dont il
ne pouvait trouver de solution concrète et immé-
diate. Sa désorganisation – dont j'avais pris la
mesure dans son bureau croulant sous les livres
et les papiers à Trinity College – était contrée
désormais par ma propre intolérance à vivre
devant le désordre matériel. Cependant rien ne
me comblait plus que les plaisirs renouvelés du
désordre des caprices amoureux que Philip savait
imposer sans mot dire.

La vie trépidante que nous menions ne suffisait pas à empêcher une forme de routine dans
laquelle Philip s'épanouissait. À l'évidence, il
reprenait ses habitudes de célibataire. «Tu m'ou-
blies», lui disais-je lorsque, durant des heures, il
se réfugiait sur Internet sans se préoccuper des
repas à préparer, des courses à faire, sans même
répondre au téléphone, comme s'il était un
étranger dans la maison. Lorsque je revenais le
soir du studio de télé, il m'accueillait, souriant.

« Ça s'est bien passé ? » demandait-il. Il avait oublié de dresser la table, de préparer la salade selon mes instructions car la cuisine représentait une corvée mystérieuse pour lui et il prenait un plaisir évident à me voir cuisiner. Durant plusieurs mois, j'ai joué à la femme au foyer, le servant, gérant l'intendance sans rechigner. Mais peu à peu, l'agacement a pris le dessus.

— Je ne suis pas ta servante, lui lançai-je un soir en rentrant fourbue pour découvrir qu'il n'avait pas daigné ranger la vaisselle sale, ni même ramassé les serviettes de bain toujours humides qui traînaient dans la chambre et qu'il avait omis de revisser le bouchon sur le tube de dentifrice.

— Je ne t'attendais pas si tôt. Je m'apprêtais à tout mettre en ordre, répondit-il en guise d'excuse.

— Tu me prends pour une idiote. Tu me mens, mon chéri.

— Mais pas du tout, répliqua-t-il, agacé.

L'incapacité de Philip à admettre un tort est un trait de caractère qui m'avait échappé dans mon aveuglement. J'avais devant moi un petit garçon pris en défaut qui s'entêtait à nier la réalité.

— Je ne suis pas née avec un ADN pour te servir. Tu es dans le pays du partage des tâches, ici. J'en ai ma claque d'être une *super woman. I'm tired of this. Don't try me.*

J'utilisais rarement l'anglais dans nos échanges. Il me fixa l'air craintif et penaud et j'eus l'impression qu'il regardait sa propre mère. Je ne voulais ni de cet homme ni de ce rôle. Je m'apprêtais à faire semblant de repartir lorsqu'il s'approcha de moi et murmura à mon oreille :

— Tu es une actrice. *It excites me.*

Il gagnait sur tous les tableaux.

16.

J'avais toujours aimé les voyages mais avec Philip mon besoin de changer de décor devenait constant. J'éprouvais une fringale de lieux, d'hôtels, de continents. Je voulais découvrir des villes nouvelles, revenir sur des lieux connus avec d'autres hommes, atterrir dans des pays vierges de mes expériences antérieures, toujours et encore à la recherche de nos premiers émois, de nos premiers embrasements dans un dépaysement commun. Nous allongions la liste des villes et des pays où nous faisions l'amour, que nous inscrivions sur une carte du cœur géographique. Barcelone, Los Angeles, Le Cap, Dublin, Mexico, New York, Séoul avaient été les témoins silencieux de nos ébats et de notre bonheur renouvelé. Philip comptabilisait les villes traversées en coup de vent.

— Il faudra retourner à Prague, à Genève, à San Diego, me dit-il un soir dans l'avion qui nous amenait vers la Floride.

L'Anglais

— Pourquoi? lui demandai-je.
— Parce que ce sont des villes où nous n'avons pas eu le temps de faire l'amour.

Il acquiesçait à toutes mes demandes, disait oui à mes caprices et pourtant j'avais l'étrange impression que je ne répondais qu'à ses propres désirs.

Il nous arrivait de passer trois ou quatre jours à distance l'un de l'autre sans pourtant nous séparer physiquement. Philip s'enfermait dans son monde à la recherche des traces de son passé, assis devant l'ordinateur jusque tard dans la nuit. Nous nous parlions à la manière des gens qui vivent en parallèle.

— Qu'est-ce que t'as envie de manger? disais-je.
— Il y a eu un autre attentat à Bagdad, répondait-il.
— Que fais-tu?
— J'écris à une amie que j'ai perdue de vue depuis mon passage à l'université de Birmingham.
— Ça fait combien d'années?
— Trente-huit ans en juin prochain.

J'étais bouche bée.

— Ça me permet de reconstruire la vie qui m'a mené à toi.

Je m'approchais de lui, il souriait, mais, à l'évidence, il voulait demeurer dans ses pensées. Alors je n'insistais pas. C'était une façon pour chacun de reprendre son souffle. Parfois me prenait l'envie de partir, mais je ne savais où aller. Je détestais magasiner, l'idée du restaurant ou du cinéma seule me déplaisait, alors je m'astreignais, sous prétexte de faire de l'exercice, à de longues marches où, au bout d'une demi-heure, n'y pouvant plus, je revenais à la maison habitée par une urgence inexplicable. En glissant la clé dans la serrure, j'espérais que Philip se précipiterait pour m'accueillir comme après un long voyage, mais, concentré, il ne se rendait même pas compte de ma présence. Dans ces moments-là, je voulais lui en vouloir, je laissais monter en moi une agressivité familière qui disparaissait dès que je l'apercevais les yeux rivés sur l'écran maudit, mon seul adversaire.

J'étais loin d'être aveuglée par le sentiment que j'éprouvais pour lui car je n'ignorais ni ses failles ni ses faiblesses. Je m'appliquais même à les débusquer avec l'impression de jouer avec le feu. Le test consistait à mettre à nu sa nonchalance pour tout ce qui concernait l'intendance dans la maison, la possessivité puérile qu'il manifestait dès que j'accordais à ses yeux trop d'importance à une amie et bien sûr à mon fils, son peu de sensibilité devant les êtres paumés ou perturbés. J'estimais qu'il manquait d'empathie, de tolérance voire de compassion. Son éducation à l'anglaise l'avait propulsé dans l'univers feutré des collèges élitistes où il avait vécu depuis son enfance et où lui-même s'était mis à l'abri des perturbations sentimentales. Il se gardait bien de porter des jugements sur les autres, moins par vertu que pour éviter d'être jugé en retour. Il se protégeait de la sorte. Il pouvait ferrailler pour une idée au point d'épuiser son contradicteur, mais jamais il n'osait l'affronter. «Philip est un gentleman», répétait-on autour de moi. J'estimais qu'il esquivait plutôt les critiques à son endroit. Car il refusait d'être pris en défaut. L'idée même l'insupportait. «Tu es de mauvaise foi», lui répétais-je. Mais il ne cédait pas et, dans ces moments-là, il en arrivait presque à oublier de m'aimer. Du moins, je le croyais. Plus je vivais avec lui, plus mon amour m'apparaissait indestructible. Ses imperfections l'attachaient davantage à moi et mon admiration pour lui était devenue inaltérable. J'avais besoin de défier notre amour tout en sachant qu'il était impossible à détruire. Obnubilée par les dangers de l'habitude et de la routine, je cherchais inconsciemment à créer des conditions qui briseraient ce carcan, tueur de l'amour. Les voyages perpétuels, les séjours entre Paris, Montréal, la forêt boréale et la Floride, où nous étions tombés en pâmoison devant un pied-à-terre sur la mer, nous protégeaient de l'habitude et entretenaient la flamme de la passion en un mouvement perpétuel pour contrer la monotonie.

L'Anglais

Je traversais mes anniversaires sans réfléchir aux conséquences de l'addition de l'âge, confortée par le fait que les six années d'écart entre Philip et moi contribuaient à freiner le parcours inexorable vers la vieillesse. Non seulement j'avais l'âge de Philip, mais son regard me rajeunissait davantage. J'atteignis la soixantaine en demeurant quinquagénaire. Autour de moi, j'observais mes amies se morfondre à l'idée de vieillir. Elles se lançaient à corps perdu dans le sport, la chirurgie esthétique, le yoga, les crèmes antirides à prix astronomique, les massages en tous genres. Elles se nourrissaient de compléments nutritionnels et communiaient à toutes les grand-messes bio, lorsqu'elles ne tombaient pas carrément dans un alcoolisme soft dont les avantages évidents sont d'engourdir l'angoisse de vieillir et de servir de coupe-faim. Le bonheur m'avait installé quelques kilos autour de la taille et des cuisses, ce dont je m'accommodais assez bien. N'était-ce pas le prix à payer pour vivre moins tourmentée? «Je suis grosse» devint ma nouvelle façon de quémander un «Non, tu es désirable et jeune» à Philip qui ne m'avait pas connue du temps de ma minceur quadragénaire.

Nos disputes, toujours à mon initiative, assaisonnaient notre relation. Il m'arrivait désormais de claquer les portes, de lancer des objets inoffensifs, une serviette, un journal et, ultime sacrilège, un bouquin, ce qui mettait mon mari hors de lui. Dans ces moments-là, il oubliait le français et lançait de gros mots, enfin ce qu'il estimait être des grossièretés. *«Oh shit! Oh shit! Oh f...»* car il se gardait bien de prononcer le mot en entier. Je prenais un plaisir intense à le voir sortir de ses gonds autrement qu'au lit. Selon les circonstances, sa fâcherie durait entre deux et vingt minutes après quoi nous nous tombions dans les bras.

Un été, Philip partit seul en Europe afin d'assister au mariage de sa nièce qui avait préféré une île grecque à l'Angleterre pour convoler. L'idée de me retrouver en août au milieu de l'Europe vacancière ne me souriait guère, et je devinais en outre que mon mari voulait se retrouver seul dans l'ambiance familiale. Il avait même prévu un crochet par Liverpool pour rencontrer ses oncles et ses tantes. Cette unique séparation depuis son installation à Montréal durerait dix jours. Je désirais aussi ce moment, tout en l'appréhendant, car je constatais que j'avais oublié celle que j'étais avant notre rencontre. «Ça va passer très vite, ma petite chérie», répéta-t-il les jours précédant son départ, sans que je ne me sois plainte de la situation. Sans doute l'idée de retrouver sa vieille solitude qu'il avait tout de même chérie lui apportait-elle un plaisir pour lequel il se sentait vaguement coupable. J'éprouvais un sentiment similaire sans le laisser paraître. «Comment vais-je supporter de dormir sans toi?»

disais-je alors que je m'imaginais lisant jusque tard dans la nuit en grignotant des biscuits, ce qui horripilait Philip. En fait, nous n'osions avouer que cette séparation nous arrangeait. De mon côté, j'allais revoir mes copines, manger à mes heures, c'est-à-dire tard dans la soirée, décider d'une sortie à la dernière minute et, qui sait, avoir l'occasion de flirter. Je retrouvais une envie adolescente de rire et de placoter sans contrainte d'intendance et sans horaires.

Les premières vingt-quatre heures sans lui me comblèrent. J'étais libre, enfin ! Mais dès la deuxième journée, l'euphorie me quitta. Je me parlais à voix haute dans l'appartement vide de sa présence, j'annulais un dîner au restaurant, je n'arrivais pas à lire sans que mon esprit s'envole vers Philip qui ne s'était pas encore manifesté par téléphone ou Internet. Affalée devant la télé, je zappais sans autre but que de passer le temps. Tous ces plaisirs inoffensifs et agréables que j'avais imaginés me laissaient indifférente. J'aurais souhaité qu'on me plonge dans un coma artificiel d'où j'émergerais à temps pour me faire belle quelques heures avant le retour de mon mari. Misérable : je ne trouvais que ce mot pour décrire mon état.

Je faisais le décompte des jours et me lamentais devant mes amies, sans beaucoup de succès. La plupart, vivant une solitude contraignante, manifestaient plutôt de l'agacement devant mes propos de veuve éplorée. Les rares conversations avec Philip ajoutaient à ma frustration car j'avais l'impression qu'elles constituaient une parenthèse dans sa vie de retrouvailles qu'il me décrivait avec une excitation non contenue. Il s'émerveillait des confidences d'une vieille tante, il riait en me narrant les exploits sportifs d'un cousin footballeur retrouvé, il s'enthousiasmait de ses longues baignades avec sa nièce et son nouveau mari dans des petites baies à l'abri des touristes, sur l'île où ils séjournaient, et il me racontait dans les détails les menus des restaurants modestes où il mangeait en famille.

— Tu n'aurais pas aimé les brochettes, chérie, elles étaient trop cuites. Tu ne supporterais pas l'hôtel, d'ailleurs. Les chambres sont petites et bruyantes. Tu as bien fait de ne pas venir car aucun hôtel ne t'aurait plu ici. De plus, il n'y a que des Anglais partout. Tonitruants et très imbibés d'alcool.

En fait, il adorait ce retour aux sources où il retrouvait, en la magnifiant, la culture dans laquelle il avait baigné mais dont il s'était affranchi en accédant aux études. L'Anglais déraciné reprenait pied dans sa classe sociale d'origine.

— Je me suis remis à l'accent de Liverpool, disait-il enjoué. Chérie, tu ne comprendrais pas ma façon de parler mais rassure-toi, je te reviendrai tel que tu m'as connu.

Il riait, habité par un bonheur enfantin. Mais je percevais une vague inquiétude dans son ton, comme s'il craignait que cet autre lui-même ne me déplaise.

— Je t'aime avec tous les accents, sauf le québécois, lui dis-je la veille de son retour.

Il rit à gorge déployée.

— Ch't'aime ben fort, pis ben gros, répondit-il avec un effort évident et raté pour prendre notre accent.

— Arrête, lui lançai-je. Ça sonne faux et je ne te reconnais plus.

Le lendemain, à compter de 7 heures du matin, je me précipitai sur Internet pour consulter l'heure d'arrivée du vol d'Air Canada en provenance de Londres où il avait fait escale au retour de Grèce afin de rencontrer un énième cousin qu'il affectionnait depuis sa petite enfance. Avec une fébrilité dont le seul avantage était de me couper l'appétit, je suivais d'heure en heure la progression de son vol. Puis, n'y pouvant plus, je me rendis à l'aéroport trois heures avant l'atterrissage prévu. J'achetai des revues de décoration, *Paris Match*, les magazines de show-business québécois, pour lire «léger» et tenter de me distraire, ma capacité de concentration étant nulle. Mais je n'y arrivais même pas. Les photos d'intérieurs aussi élégants que raffinés d'*Architecture Digest* ne retenaient pas mon attention. Je me mis à marcher de long en large, m'accordant un temps d'arrêt toutes les trois minutes devant le tableau d'affichage des arrivées. J'avais des bouffées d'anxiété qui me faisaient délirer. J'imaginais que l'appareil allait s'écraser en se posant sur la piste. J'étais redevenue folle comme au temps de mes angoisses passées.

Atterri! *Landed!* Je lus et relus ces mots bénis sur l'écran. Puis je jetai un coup d'œil à ma montre. Selon le meilleur scénario, Philip surgirait dans trois quarts d'heure. Il me restait donc à me faire une beauté. Mais je ne m'attardai guère devant la glace des toilettes de peur de rater sa sortie. Un peu de rouge aux lèvres et du blush sur les pommettes suffiraient. Face au miroir, mes yeux ne brillaient pas, ils scintillaient. Je retournai dans la salle d'arrivée où s'agglutinait une foule nombreuse. Je me réfugiai derrière une colonne afin d'échapper à son regard qui me chercherait dès le passage des portes.

Il apparut enfin! Il me sembla amaigri. Très bronzé, il s'avança, l'air de plus en plus inquiet de ne pas m'apercevoir. Je sentais mon cœur battre jusque sur mes tempes. Je restai cachée quelques secondes de plus puis je me mis à découvert. Son visage s'illumina. Par une gaminerie qui lui était habituelle, il amorça un virage vers les portes de la zone internationale. Alors je me précipitai et lui bloquai le passage. Il plongea ses yeux dans les miens et j'eus la conviction que je le découvrais pour la première fois. Il ne m'enlaça pas, il ne m'embrassa pas. Il s'empara de ma main qu'il écrasa dans la sienne comme il l'avait fait dans la limousine à Dublin au début de notre histoire.

Silencieux, nous marchions côte à côte. Toute parole prononcée aurait été en deçà du pur bonheur qui nous rattachait l'un à l'autre. Une fois dans la voiture, il brisa le silence :

— *You're so lovely, Mrs Spencer. Never again will we be separated. Life is too short and my love too intense.*

Je voulus ouvrir la bouche mais il m'interrompit.

— Ne parle pas. J'entends tout ce que tu me dis. Je ne partirai plus jamais sans toi. Ce fut une sensation intolérable. J'ai eu l'impression physique d'avoir quitté mon propre corps. J'étais vide.

Je voulus me pencher vers lui mais il me repoussa doucement.

— Conduis, dit-il. Il faut rentrer à la maison sans encombre.

Je m'appliquai à garder les yeux sur la route, mais je devinais que son sourire s'embrumait de désir.

Il s'appelle Philip, il vient de Liverpool, il est anglais et ma vie de guerrière a trouvé, grâce à lui, son repos.

La photocomposition de cet ouvrage
a été réalisée par
GRAPHIC HAINAUT
59163 Condé-sur-l'Escaut

Dépôt légal :

IMPRIMERIES
TRANSCONTINENTAL

Imprimé au Canada